Alone Publishing
一人出版社

一個人閱讀，一個人思考

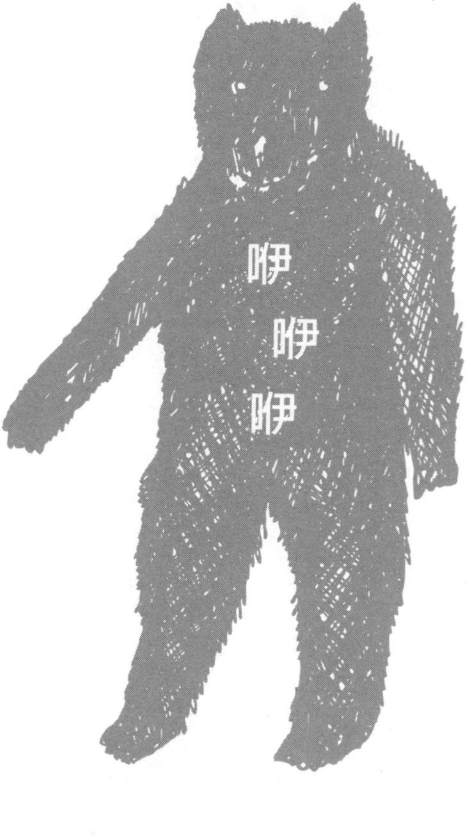

Eeeee Eee Eeee

林韜

安祖和史提夫講完電話，便開車去達美樂。

「你遲到了，」麥特說，「你不用再來了。把你的東西收一收，然後他媽的滾出去。」這裡有兩個經理，其中一個是麥特。另外一個是可悲經理。

他露齒笑。「好，」他說。

麥特瞪著他。「我不要再看到你，安祖。」

麥特二十五歲，是自己樂團的主唱兼吉他手，安祖僵硬地笑。他到後面去，對人生感到疲倦，然後打卡。四個送貨員就站在附近。他沒有什麼話好和他們說。他們全住在天花板很低的小房子，每個都很禮貌。其中之一曾是功夫冠軍。他有次爆胎就是功夫冠軍開車來幫忙，半夜三更的。功夫冠軍看上去人很好，有些害羞，同時有種能一派輕鬆穿過人群把人弄骨折的神態。安祖一直道歉；他心有歉意因為功夫冠軍曾教他如何非法開過空地，能省十五秒。「謝謝你幫我。」安祖說。功大冠軍說他太太自從開車撞上鹿以後就不願意開車了。他說他曾四處去贏功夫冠軍。他去過維吉尼亞和喬治亞州。「我曾經很認真。」功夫冠軍說。「有個暑假我也練過，」安祖說。功夫冠軍在換輪胎；他們在一個破爛小雜貨店前；安祖不停想著，功夫，麋鹿，死亡。他不驚訝或害怕，但有些無聊。開車回家的路上他感到專注和謝意。他拍拍他的狗，寫電子郵件給他媽。他該和功夫冠軍做朋友的；跟他們全部。他們曾經邀請安祖去喝啤酒看電視。我們會叫披薩。他們邊說邊笑，安祖微笑地想著這些畫面：他一個人站在角落，他喝醉而且心情抑鬱，他面朝下浮在蓄水池上。那天晚上他在家裡想著他是否該去；他想那應該很有趣，就算只是旁觀——功夫冠軍大概會喝醉，給鹿來個飛踢或什麼的——那次以後他們再也沒約過他。

「忙嗎？今天？」他問。他的眼神飄遊在其他送貨員身上，只盯著他們其一不太公平。

「這禮拜都沒什麼生意，」其一說。

「記得我們小時候玩的慢動作遊戲嗎？」另外一人說，「我現在很想玩。」

「你不想。」安祖說。

「為什麼？」

「不知道，」安祖說。

另一個經理走過。他年輕並肥胖，還戴著眼鏡。是「可悲經理」。

「一頭麋鹿給了我十塊小費，」某人說，「我說，『謝謝你麋鹿。』麋鹿說『謝謝你。』很不賴。」

沒有披薩要送的時候你就折紙盒；或接電話。折紙盒比較容易。每個人都在折紙盒。安祖在折紙盒。如果工作就只是折紙盒的話大概會有人尖叫。他們會折紙盒，存在主義式地尖叫，然後被拖到外面打成肉醬。有時候大家瘋狂屠殺。史提夫本來要去西雅圖，坐錯了飛機，現在在紐約。在飛機場尖叫很危險。*史提夫在飛機場裡病理抑鬱，無家可歸；讓他住在你衣櫃裡。瑟拉，我會將他像件襯衫從頭套上，像個帽子，他的耳朵可以變成我真正的耳朵。*

「我的朋友本來要去見他爸，」安祖說，「結果他去了紐約。」

某個人說了些有關和妓女上完床後死於暴食披薩的事。

安祖感覺平靜。「戰勝不了他們，就加入他們，」他說。某些日子他感覺平靜。今天他感覺平靜。他感覺奇異。「有人這樣做過嗎？戰勝不了什麼……然後就加入？」

「如果你不能加入他們就收買他們，」某人說。

「買禮物給他們，」安祖說，露齒僵硬地笑；對披薩盒笑。他為披薩盒感到尷尬。他折起它。「僵硬微笑」。他得停止。他得使用面部表情對他人表達情緒才能真誠度過人生——和三四個人一起笑，表達謝意、關心，或是對人、天氣、食物的不以為然；操控男性女性令他們愛他，喜歡他，或尊敬他。這就是臉的用處。一個經理不夠要兩個。他們該是雙胞胎。其一會做五角星形的披薩，綁條沒人會提起但會為此在許多晚上做惡夢的馬尾。最終邪惡雙胞會開始瘋狂屠殺，沒人提起但會為此在許多晚上做惡夢，也有時候是早上，午休的時候。每個人都在折盒子。感覺像部大衛林區的電影。安祖和一個女的在曼哈頓看《穆荷蘭大道》（Mulholland Drive）。他們看電影，吃中國菜。她一直重複這是個愉快的夜晚。他喜歡她。「下次我們再出來，」她在她家門口說。「當然。」安祖說。「我再打給你。」她說。幾個月後安祖在路上看到她，她把眼睛避開。她把眼睛避開了嗎？或許她只是因為禮貌才熱情地重複說了不下十次愉快的夜晚。或許那是她的諷刺。或許禮貌就是一種諷刺。某個人應該寫一本《反抗禮貌》。安祖在最低工資下折紙盒獲益匪淺。我折紙盒並寫著出書計劃。我面無表情但其實我感覺很好滿有成效。我的名字是安祖。我二十三歲，我住在佛羅里達州奧蘭多，我不和身邊摸得到看得見的人說話，我和我頭腦裡那些再也見不到面的過去說話。

麥特過來看了幾眼然後慢慢走開。安祖大笑。他喜歡麥特。安祖要是拍電影麥特會在每一幕的背景張望。預告片是麥特臉部兩分鐘特寫。有次麥特叫安祖去送披薩，帽子側戴，襯衫不紮，皮帶沒扣；然後遞給他一條腳踏車鏈讓他往脖子上戴。安祖戴了。來應門的男人看來很害怕。安祖感覺抽象和失控。花了很長時間因為點的東西不少，有辣雞翅和雙份藍起司。男人漲紅了臉，他們都沒說話，就連安祖把起司落在地上，也只是一起眼睜睜地看它掉進水泥地中間的洞裡。起司不偏不倚地正好填滿那奇怪的洞，根本拿不出來。「怎麼樣，」麥特說。「那傢伙很怕我。」安祖說。

「幹得好。」麥特說。

下班後坐在車裡。聽音樂。（「你都怎麼找樂子？」）安祖大概三個小時沒發言了。他再也不說話了。他準備要回家。他不想回家。他想為瑟拉蓋一間樹屋。作為陷阱把她困在那樹屋上。麥特出來，給了安祖一個披薩，要他送到久安娜家順便載她回家。「別強暴她，我們會知道是你幹的，」麥特說。久安娜就站在一旁。「謝謝你把場面弄得這麼尷尬。」安祖說。「什麼？」麥特說。「謝謝你把場面弄得這麼尷尬。」安祖說。「什麼？」麥特說。「謝謝你把場面弄得這麼尷尬。」安祖說。麥特點煙。久安娜瞄了安祖一眼。她揮揮手。安祖揮揮手。久安娜離安祖四呎遠，安祖正坐在車裡——一台喜美，他們互相揮手。她是那種離不開電話的高中生。她坐在後座。安祖感覺像個司機。麥特在訓練他，帶領達美樂升級成為尖端企業。桌子••••••••算什麼；有司機才猛。安祖把車開出商場。他不用指示也能找到久安娜家。孩提時他確信自己有神奇靈感。他讀幽浮書籍夜夜嚇破膽。安祖覺得坐在書店「超自然」書區幾個小時等母親買衣服的小男孩真慘。他仍然害怕有天外星人會突然站在門前。為了克服他的恐懼，他想徒手搏擊外星人；外星人會包圍他，用頭錘把他打成肉醬——那得花上六個小時，因為它們的頭很軟，但安祖不敢反抗或移動——然後它們在肉醬裡打滾沾滿全身。安祖左轉。他不開口說話除非久安娜先說。他會這樣對瑟拉。他應該一直說話永不謀劃，或思考。人們會盡量避開他。最後警察會把他帶走，但早上他又會回來，繼續在人們家大聲講話。最後會有瘋狂屠殺。最後總會有瘋狂屠殺。

「在後面那邊右轉，」久安娜說。「你該在那裡轉的。」

直接開上安全島迴轉？不是贏，就是輸，一樣的老新聞。安祖做了。警鈴嗡嗡作響。「媽的！」久安娜說。她靠到前座往安祖臉上看。安祖看著她。她有個漂亮的鼻子，小巧的嘴巴。（「別強暴她，我們會知道是你幹的。」）安祖撇開眼，把車停下。如果瑟拉在車上他會和警察開幹。別和警察開幹。

「剛才是怎麼回事，」警察說。他用手電筒照照後座，照久安娜。

「他要載我回家。」久安娜說。「我讀高中。我們是同事，在達美樂打工，我們剛走。」

手電筒照在久安娜臉上；警察看著安祖。有點困惑。「很複雜。」

「我迴轉了。」安祖說，僵硬地笑。

「你迴轉了。」警察說。「你會撞死那些剛下班的人——讓他們進醫院，坐輪椅。你在想什麼，小伙子？」他之前沒生氣。他現在很生氣。他叫他小伙子。

「我知道錯了，」安祖說。他在想棉花糖。現在是十月。「我同事家叫了一片披薩。」他看見自己醉醺醺拒捕；逃跑時頭部中槍。他擔心置物箱裡有幾公斤的禁藥。他可以徒手搏擊警察。不要輕舉妄動；時機未到。警察離開了。安祖諷刺性地向自己承諾——要安祖真誠或無我的對自己做出承諾是不可能的——再也不要當街迴轉。就算合法也不要。好險他沒戴那條腳踏車鏈。警察帶著一百八十塊的罰單回來。「謝謝你，」安祖擺出微笑。他會在交通法庭上抗辯他精神失常。警察，他當時是有點不正常。法官，他現在在笑什麼？駐庭心理學家，看看這個僵硬的微笑。安祖，我反對資本主義，我反對被當作資本主義反對，而我在達美樂工作。星期五餐廳女服務生，他說我反對資本主義。

「我可以坐前面嗎？」久安娜說，一邊爬到前座。「我幹嘛坐後面？那警察還以為有什麼非法勾當，他不太確定。」

孩提時安祖時常在車裡爬。他媽媽喜歡這樣。安祖蠻喜歡久安娜。安祖喜歡瑟拉。瑟拉，大笑。久安娜不大笑也不微笑。安祖看著她。久安娜看著他。安祖微微露齒笑。久安娜移開眼然後看向前。她害怕。工作時她不停說話；是這樣嗎？安祖從沒注意。他播放一些極端諷刺抑鬱的音樂。她爬出窗戶而不是門／現在我在十四樓一個人。諷刺，還是禮貌？久安娜覺得這音樂很恐怖。安祖會把車開去撞牆。久安娜擺出苦惱的臉。她死前會尖叫，安祖會頭痛。警察會很生氣一邊講話一邊把手電筒照在樹上。麥特會張望，然後慢慢倒退回森林。瑟拉根本不會知道。她從來沒想到他；沒有信也沒有電話。安祖也從未去信或撥號，沒有，只是常常和她進行想像的對話；他想像的她。或許他今夜會寫電郵給她。她會回一封制式的信。

感謝您的來稿，此次無法刊登。很遺憾，來稿繁多，恕無法個別回覆。她說她會搬到佛羅里達，於是安祖會拍拍他的狗，寫信給他媽，買禮物給史提夫。她不會回應，然後安祖會身蓋白布躺在地上。

久安娜在說些什麼。

安祖把音樂關小。他感覺無聊。「你說什麼？」

「我知道他們。我姐也聽這個。這是『我恨自己』（I HATE MYSELF）樂團。」

「沒有人聽『我恨自己』，」安祖說。

「我剛剛才說我姐聽『我恨自己』樂團。」

安祖想和久安娜的姐姐共進晚餐。

「我家到了。」久安娜說。

等和她姐吃完沙拉他們一起聽音樂然後接吻。等和她姐吃完沙拉他們會把眼睛避開。為了禮貌她會發誓這是個愉快的夜晚，然後測謊。她不是瑟拉。瑟拉更好。瑟拉不聽「我恨自己」這種樂團。「很複雜」。「僵硬的笑」。僵硬的笑是很複雜。如果這麼僵硬你幹嘛笑？經過右邊一個社區。久安娜的社區。安祖腦裡有個比頭還大的大嘴正在大笑。看書看電視的時候他會意識到這應該好笑然後聽見這笑，在他腦裡，然後感覺自己面孔平靜模糊，像隻倉鼠。某些晚上安祖的心跳很快，思考不合邏輯狂野凌亂。在床上他望著天花板感覺激動緊繃，無法理解為何他，或所有事，會存在。

「你錯過了，」久安娜說。「我們離開達美樂的第一個彎你也沒轉。所以你才會迴轉吃上罰單。」

「第一個彎你又沒說；我怎知？」

「我說了，」久安娜說。

「我確定你沒有。」

「我發誓我說了，『安祖，在這裡轉，』」

「你沒叫我名字。」

如果久安娜是瑟拉，安祖會逗她。他開玩笑地作勢把方向盤往左急轉。他看著久安娜。她沒在看他。有一次一個在路邊騎車的小孩一直轉頭看他從後開近；安祖一樣開玩笑地作勢急轉方向盤，結果那小孩從車上摔進水溝。瑟拉喜歡那故事。瑟拉對屈臣氏店員開幹。瑟拉的舌頭很可愛，舔著手上的藍色冰棒。瑟拉緹斯頓。停止再想她。載久安娜回家。

「我在這裡轉，」安祖說。迴轉。又一次失信。車裡的兩個人安祖是沒有未來的那個；另一人，久安娜，會上大學，交大量朋友建立人際關係，加入社團，找到實習，甚至嫁人生小孩。安祖的大學時代都在幹嘛？每個人都在忙，搞派對，或嘗試自殺。安祖總在告訴別人他又睡了十四個小時。他參加水球社。他的腿抽筋於是他爬出泳池從此退縮。教練對他說「你不會再回來吧，啊？」安祖說。「我會的。」他在小吃店遇見水球教練，走上去對她說，「下禮拜見，」他沒再出現。他把音量調大，換一首歌。選一首開心的。沒有一首是開心的。沒有未來。另外一首抑鬱的歌，「西眠猴樂團」（Samiam）。不想在電話旁度過另一個漫長孤單週末／想了很久我想不下去了我知道他為何朝自己腦袋開槍。誠懇，至少。安祖不知道「誠懇」是什麼意思。不是真的。和久安娜說話。和她姐見面。殺久安娜，殺她姐姐，殺史提夫。（「殺了我和我的兄弟姐妹」）皮箱裝滿現金；在鑽石船上擊掌。安祖為「西眠猴」主唱感到難過，他現在大概在聽「我恨自己」。安祖為一切感到難過，甚至那些無生命的物品和某些時機。他曾在自己房間錄音；他為一個名叫安祖的人感到難過，他在孩提的房間錄一首悲傷的歌把鼓和吉他配在一起然後唱一首詩。他該把歌放到網路上。叫它「鍾芭拉希莉」（Jhumpa Lahiri）。她的普立茲獎會在夜裡被車輾過。

瑟拉會笑。史提夫會理解哪裡好笑但不笑。久安娜大概不會笑。久安娜的姐姐，或許會（她聽「我恨自己」）。麥特會盯著安祖十分鐘。人的差異令人抑鬱。每個人都該相同，然後徒手殺掉對方。安祖和久安娜姐姐互相喜歡的機率大概是百分之二。愛因思坦，上帝不擲骰子。每次安祖聽到這種話他的臉就變得模糊，腦袋裡的諷刺之聲說，「深刻。」他不想再開了。今晚要做什麼？（「幹自己去吧。」「我會的。就今晚。」）他想把車開去撞山讓山爆炸。佛羅里達沒有山。佛羅里達沒有瑟拉。沒有瑟拉；沒有未來。沒有棉花糖。安祖停止想像。

「你又錯過你說要轉彎的地方。」過了一陣子，久安娜說。

「我儘快轉。」安祖邊開邊想，下個路口轉，我下個路口轉。旁邊有個大墳場。他順利開進待轉道。（「告訴我發生什麼事。」「我他媽的非法迴轉。」）「我迷戀一個女孩，」他說。「我該怎麼辦？」

「你明明好好的，」久安娜說。

「她叫瑟拉。她不打給我。我讓她承認她喜歡我。她喜歡我。但我們太像了。當你和一個人在一起時無法停止互相奉承。隨即兩個人都意識到人生即將結束。我想這就是我們不說話的原因。你知道我在說甚麼嗎？」

「你在把事情合理化。」久安娜說。

安祖開著車什麼也不想。

他感覺平靜。他感覺不錯。

（「我姐比我們都抑鬱。」）

「你這是以退為進嗎？」久安娜說。「你不打給她但期待她打，好像她是你媽。

「她不是我媽。」安祖的媽在德國。史提夫的媽遇空難。「我不知道『以退為進』是什麼意思。這很老套，」安祖說。他覺得累。他的餘生要做什麼？「你姐幾歲？」

「我死黨的堂妹就叫瑟拉，」久安娜說。

死黨的堂妹。「我無法理解你剛說什麼，」安祖說。史提夫他爸，尖叫。「瑟拉，」安祖說。每個人都應該叫瑟拉。把狗的名字改掉，讓他們成為共同體。「瑟拉」。

「說不定我認識她，」久安娜說。「我記得她有三個堂姐妹都叫瑟拉。左轉。」她指著她的社區：「微風小溪」。安祖想著他和瑟拉坐在岸邊，腳放水裡。

「我姐二十五歲。」久安娜說。「幹嘛？」

安祖轉進「微風小溪」。「你姐應該跟我組團，我朋友史提夫和我要組團。」安祖娶了她姐。史提夫感覺被忽略。瘋狂屠殺。

「艾緒莉彈貝斯，」久安娜說，「她彈的還可以。我是說其實很棒。

我不是嫉妒她；我不知道為什麼我說還可以。她很棒。」

「每個人都應該叫瑟拉。」一隻熊手上拿著水力全開的水管，正在澆花——準確地說是把它們沖扁——牠望著安祖從他面前駛過的臉。安祖斜視，無神地看著熊。

「我姐是個貝斯天才。」久安娜說，指了一下方向。

「我喜歡喜美車的樣子。所以我才會開喜美，」安祖說。「開玩笑的。」他想要艾緒莉的電話號碼。**我可以進去向你姐「求愛」**嗎？不適當。保持耐性。先等十天；不要謀劃。等整整十四天，假借共組樂團和她要電子信箱，用電子信箱和她要電話，假借其他方法打電話去約她吃晚飯。等整整十四天再開始瘋狂屠殺，高潮在和海綿寶寶大戰西雅圖，在史提夫他爸緊繃的手臂下。她二十五歲。大概跟和平部隊在烏茲別克。安祖二十三。應該加入和平部隊。他和瑟拉本來要去加那利群島度假。他不知道加那利群島是什麼。她提議的，不是安祖。他們有過很多想法和計劃。他們一起爬樹。安祖讓久安娜下車。她拿著披薩奔過草坪，跳過樹叢，進了屋。她明明可以繞過樹叢的。但跳過去比較有趣，像只羚羊。這就是找樂子的方法。安祖坐在車子裡，感覺無聊又諷刺，止要慢慢開走。久安娜向車跑來。安祖困惑著。久安娜敲安祖的車窗；她要邀請安祖進門向艾緒莉「求愛」嗎？安祖搖下車窗。久安娜露齒笑。僵笑？正常微笑。她付了披薩錢。「謝啦，安祖，」她說，然後跑遠。安祖坐在車裡，想和瑟拉坐在充氣棉花糖小筏裡，在加納利群島漂遊。一隻熊從久安娜家裡出來。

安祖拉上車窗。

熊看著安祖。

安祖把車窗放下些。

「你需要什麼嗎？」安祖說。

「對，」熊說。

「哦，你需要什麼？」

「你過來。」

熊指著一間屋子。

「你需要幫忙嗎？」安祖說。

「你過來，」熊說。

「來哪裡？」

「你想要免費的錢嗎？」熊說。

「什麼意思？」

「你想要一張百元大鈔嗎？」熊說。

「我不知道，」安祖說。他把車窗全打開。「為什麼你有免費的錢？」

「你過來。」熊走向他剛剛指著的那間屋子。

「這是個騙局。」

「是也不是，」熊說。「你到底要不要免費的錢和免費電腦？」

「我自己有一臺電腦。」

熊拿著二十塊紙鈔和一條藍毯子，牠走到安祖車旁，把毯子蓋在安祖頭上，剝掉安祖的車門和車頂。熊抱起安祖帶著他到之前指的那間屋子，把安祖放在旁邊的草皮上，安祖把頭上的毯子拿開。熊跪下來，翻開草皮下的秘密通道，指著通往地底的階梯。安祖走到階梯旁。「去吧，」熊說。

「去哪？」安祖說。「為什麼？」

「去吧，」熊說。

熊拿走安祖手上的毯子，扔到地底下去。

「喔，」安祖說，「了不起。好點子。這樣我就得去把毯子撿回來，不然就好像是我「不負責任」一樣，一個不負責任的人在北美洲亂丟垃圾。

對。很好。對。」

安祖爬下梯子。

熊爬下梯子。

他們一起爬。

他們爬著。

熊踹了安祖的頭。

「那是你的頭嗎？」熊說。

安祖沒說話。

「安祖，」熊說，「那是你的頭嗎？」

「閉嘴。」

「那是什麼？」

「手提電腦。」

他們繼續往下爬。

「你的鐵鎚在哪？」安祖說。

「鐵鎚，」熊說，「什麼跟什麼？」

越來越冷了。

熊發出怪聲，像「赫。赫。」

「不是每頭熊都是同一頭熊。」熊說。

他們繼續往下爬，直到遇見長廊。

安祖把毯子撿起來。

他們走過長廊。

長廊裡有個凹處。

麋鹿躺在凹處裡。

麋鹿的眼睛是睜開的。

熊拿走安祖的毯子。

熊叫安祖繼續走。

「麋鹿，」安祖說。

「繼續走，」熊說。

安祖繼續走，遇見懸崖。

懸崖下是企鵝和熊的城市。有時候那裡會有一個很高的美國總統像。

安祖認出總統的臉。

熊站在安祖旁。

「赫，赫，」熊說。

「你很冷，」安祖說。

「這是個冷酷又孤獨的世界，」熊說。

「開玩笑的，」熊說，「有一點。」

「我要坐下，」安祖說。

安祖坐下了。一隻海豚走過長廊。安祖站起來。海豚帶著鐵鎚。安祖看著鐵鎚；海豚賞安祖一個巴掌。懸崖很擁擠。更多海豚來了；一隻海豚被擠下懸崖；一邊落下一邊喊著，「**咿—咿—咿！**」安祖笑了一會兒。兩隻和更多的海豚掉下懸崖，懸崖不再擁擠。帶著鐵鎚的海豚說，「好好看著。」另一隻海豚看著。帶著鐵鎚的海豚賞了安祖一個巴掌。

「白痴，」另一隻海豚說。

然後丟了一個煙霧彈。

煙散去後，有很多熊，沒有海豚。

熊往地上丟了個煙霧彈。

煙散去後，只剩下一隻海豚。海豚賞了安祖一個巴掌，丟了個煙霧彈；煙散去後，第一隻熊又出現了。安祖看著比自己高的熊。

「你沒事吧？」熊說。

安祖摸摸自己的臉。

腫的。

「你沒事吧？」熊說。

「我沒事，」安祖說。「你沒事吧？」

熊看著安祖。

熊跪下來，打開了一個小門。

那裡有另一個梯子。

熊指著它。

安祖覺得無聊。

「不，等等，」安祖說，

「怎樣，」熊說。

「我剛剛已經去過了。」

「還有兩個，」熊說。

「我知道，」安祖說，「我去過了。呃，松鼠們。」

「是倉鼠，」熊說。

「我忘了。但我去過了；你相信我嗎。倉鼠們很悲傷。」

「再去一次，」熊說。

「再去一次。」

「再去一次，」熊說，「會很有趣的。」

「你有名字嗎？」安祖說，「熊有名字嗎？」

「安祖，」熊說。

安祖覺得緊張。「我是安祖。」

「我的名字是安祖，」熊說。

「不是，」安祖說。

「呃，就是，」熊說。

「喔，」安祖說。

「再去一次，」熊說，「會很好玩。」

「怎樣好玩？」

「我們都叫安祖，」熊說，「我不知道。」

「你不叫安祖，」安祖說。

「我是叫安祖，」熊說，「你他媽的怎樣啊？」

「我不知道，」安祖說，「我很笨。我感覺很笨。」

「走吧，」熊說。

「怎樣好玩？」

熊抓著牆，瞪著安祖。

熊看著安祖。

熊指著長廊裡他們剛剛走過來的方向。

安祖走過去，站在那兒。

熊推了安祖一下。

安祖走過他們剛剛走過的長廊。

他看著那凹處，沒轉頭；兩個外星人站在麋鹿身上。

麋鹿頭被毯子蓋著。

安祖繼續走著；熊在他身後。

他走到梯子那裡，站在那裡。

「下次還要我指的話我會揍你的臉，」熊說，「然後吃掉你。」

「動手啊，」安祖說。

熊握拳，慢慢移動拳頭到安祖臉上，用指節碰碰安祖的臉，用另外一隻托抱住安祖的後腦，慢慢把安祖的臉推向慢慢移動到安祖臉上的拳頭；毛絨絨的手。

「停，」安祖說。

熊停住了。

「來真的，」安祖說。

熊朝安祖臉旁空揮。

「好好瞄準打，」安祖說，「然後吃掉我。你剛剛說『然後吃掉你。』」

熊爬上梯子。

「拿著免費手提電腦爬，」安祖說，「不然我就殺了你。」

熊爬下來看著安祖。

「我沒事幹，」熊說。

「我知道，」安祖說。

熊看著安祖。

「那美國總統像是幹嘛？」安祖說。

「人生是愚蠢的，」熊說。

「我比你還恨人生。」

「不可能，」熊說。

「就是如此。」

「不。」

「是。」

「不，」熊說，然後消失。

安祖站在那裡。

然後爬上階梯，走回自己的車子。

車門和車頂都在。

安祖把門打開，門掉到路上。

他開出「微風小鎮」。車頂飛到路上。為什麼久安娜下車以後這麼開心？不要想了。跟史提夫組團，如果他的飛機沒撞爛。浪漫地追求久安娜的姐姐，艾緒莉，用假裝找貝斯手的藉口。不要。十四天以後去要她的電話然後假裝組團，想辦法，大屠殺。電子信件，電話號碼，結婚。功夫，麋鹿，虛無。組團會讓安祖開心。每首歌都很抑鬱，那會讓安祖很開心。開心並不是不可能。會有首關於迴轉的歌。「寓言性」「深沉」。史提夫從紐約回來以後他們會組團。他們會四處「亂搞」兩個小時，感覺抑鬱，然後去吃星期五餐廳。（「記得我媽死的時候嗎？」）他們會「玩團」十分鐘然後感覺無聊得要死。「玩團」兩個字讓安祖有點尷尬。「亂搞」。安祖得回去星期五餐廳道歉。他會把一綑現金扔給女服務生然後誠心道歉。他不會翻桌。他會怪史提夫。史提夫會去坐牢。用假名。湯瑪•

士跑了，不是我。我當時根本不知道發生了什麼事。使用陳腔濫調和假名；把現金裝在馬尼拉信封裡，懊悔微笑，誠心道歉，使用一兩句老梗。我得走了，別花完了。晚上九點了，今天嗎？安祖在晚上，比較，像個人。早晨讓他感覺像獨立影片裡的爛演員，正要展開一場老套瘋狂屠殺。

安祖在家裡的信封上寫了「抱歉」。下面寫上「真的。」另外一個信封上寫著「真抱歉」然後往裡放了兩張二十塊。看上去好像有點諷刺。另外一個寫上「誠心抱歉，」拿走鈔票。誠心太刻意了。寫「抱歉」。拿走鈔票。安祖看著兩張鈔票感覺很糟。至少它們是一對。兩張談戀愛的鈔票。安祖很嫉妒。

他開到星期五餐廳後面，停車，熄了引擎。我竟然他媽的迴轉。如果瑟拉在這兒他們會四處亂走，到處發送裝著秘密事物的信封。其中一個裝著三個願望，而且是真的。早上他們會爬樹。瑟拉永遠不在。悲傷功夫冠軍永遠存在。不遠處有些公寓。有些樹，儲藏櫃，一些麋鹿。一隻熊騎著麋鹿像在騎馬。一個繞著圍牆和護城河的安養院。圍牆還不夠，他們還需要護城河。一個經理不夠。（「別強暴她。」）可悲經理。可悲經理完了。

安祖小的時候和爸媽睡同一個房間，半夜起來看到他們在地毯上做愛。他們在地毯而不是床上做愛。有一次安祖的爸媽在餐廳吵架。那時安祖大概七八歲。他媽為了他爸把病傳染給她而生氣，安祖是這樣理解的。安祖以為是愛滋病。他哭了。他要他媽告訴他究竟是怎麼回事，因為他以為她要死了。熊打開前座的門然後坐在前座。

「你說謊，」熊說。

安祖沒看熊。

「你是不是說謊？」熊說。

熊大聲呼吸。

安祖看著外面。

那裡有棵樹。

老人安養院。

老人安養院永遠存在。

熊遲疑著，離開了。

「你說謊，」熊說。「你說謊讓我很難過。」

安祖的媽說如果他不哭她就告訴他。他停止哭泣覺得很緊張。她說她要到廁所去說。安祖在廁所感覺自己很渺小。安祖的媽把門鎖上。她低頭在安祖的耳旁說，是淋病——安祖望著鏡子；他的眼睛比洗手台高一點，他看著自己上半個臉——她不會死了。整個午餐安祖都覺得很開心，就算他爸媽持續地爭吵讓餐廳裡其它人都不舒服。大學畢業後安祖繼續在圖書館工作，在電影院又找了一個。電影院的人唬他於是他丟了工作。他開始在圖書館休兩個小時的午休；某天大家圍著他把他炒了。他沒錢了於是回家和父母住在佛羅里達。他媽瞞著他一些事，他感覺得到。她像是得了癌症還是什麼但不願意說。他爸說，你媽不希望你知道，但我覺得我應該告訴你——安祖打斷他說如果他媽不想他知道他就不該知道。他爸走開了。電視上要是出現任何裸露鏡頭他爸會說，「這兒童不宜。」就算安祖都二十歲了他爸照樣叫他別看。他會用一種奇怪的聲調，既嚴肅又緊張，表情一片空白。

一台休旅車停在安祖旁邊。一女一男，和一些海豚，大聲談笑。安祖靠到副駕駛座去，假裝自己在找些什麼。他開始啜泣。「你的車沒有車頂和車門，」男的說。安祖瞪著散落在副駕駛座上的雜物。CD包裝，藍筆，超市的發票。他拿著發票，瞪著它，靠在前座上。外面很黑。他什麼也看不到。他折起發票放在口袋裡。他坐了一會兒然後下車走往星期五餐廳。他感覺到自己要開始想瑟拉了。他繼續走著，邊想著未來。未來。他腦中對會發生的事有些模糊的景象，或不會發生的事，似乎未來已經存在，讓他可以回家，躺在床上，然後回想，像記憶一樣；感覺像是過去。

開車，送披薩。沒有瑟拉，沒有未來。安祖在紅燈前突然感覺平靜。像有人正在拍攝電影。他在佛羅里達，有人正在拍攝他，為了一部別人領銜主演的獨立影片。大概是瑟拉主演的。他的人生必須改變。事情必須發生和爆炸因為這是電影。安祖會瞬間移動到一個危險情況，往別人臉上揍上一拳；瞬間移動到瑟拉身邊，擁抱她。他正在開車。旁邊有塊空地，她說，我們應該開進那棵樹裡，像開進車庫。他說，讓我們爬上去，在上面吃東西。他們坐在樹上舔著冰棒。

燈號轉綠。安祖不想開動。他把車開動。他應該開進什麼。一座山。山會爆炸。四週沒有什麼能開進的地方。如果瑟拉在就可以開進些什麼，應該。安祖錯過他應該要轉進去的社區，迴轉壓過安全島，把一棵小樹撞倒。一排車對他按喇叭。安祖大笑。他沒有未來。他對撞倒一棵樹感到羞愧。那是錯的。他代表達美樂披薩集團。他不該非法迴轉。他感覺很糟。那棵樹裡有鳥。一整個大家庭的雛鳥，和松鼠。返巢的母鳥會感覺困惑。

安祖在家打電話給史提夫。晚上十點。在賈斯丁家打牌或去電動場。打牌就會喝酒；結果是每個人都很抑鬱。打電動吧。安祖到史提夫家。史提夫走到車上時他兩個妹妹對他扔水球。兩顆都沒打中，掉在草坪上。妹妹們跑過去撿起水球，往他們扔過去。一個彈上史提夫的臉，一個砸在車庫前的走道上。兩個妹妹跑到旁邊的草坪上，互相擊掌，跑遠。

「我要殺了她們，」史提夫在車上說。

「她們互相擊掌，」安祖說。

「我們應該來場瘋狂屠殺，」史提夫說。「在我家前院。」

「好點子。」安祖希望自己是兩個妹妹其中之一。他突然感覺沮喪，和無聊。他應該是其中一個妹妹，瑟拉是另外一個。「現在怎樣？去電動場？」

「我恨電動場，」史提夫說。「那裡有夠讓人沮喪，浪費時間。我沒錢了。」

「我每次都說事情讓人沮喪和浪費時間。不要偷我的話講。」

「去幹你自己吧，」史提夫說。

「我會的。就今晚。在我的豪宅裡。」

「對，」史提夫說，「這可是個友善的建議。」

「沒錯。」電動場的大屠殺。「我應該打電動，有意識的自殺，然後到處說我要自殺。」

「別自殺，」史提夫說，「要殺就殺我的兄弟姐妹。」

「你幹嘛叫她們兄弟姐妹？」

「因為我蠢，」史提夫說，「別殺我妹妹。殺我好了。」

「我今天殺了一棵樹。我感覺很不好。我應該殺的是我的工作。但要溫柔。陌生人的溫柔。」

「先殺我和我妹妹，」史提夫說。

「我需要用你的廁所。」

「去吧，」史提夫說。

安祖走到史提夫家裡。裡面很暗。安祖害怕外星人會抓住他。外星人很寂寞需要擁抱但安祖會突然心臟病發。史提夫的第三個妹妹，愛倫，還在上高中的那個，坐在客廳的沙發上。她就坐在那裡，在黑暗中，什麼也不做。她拿起一本書開始讀。

「我要用廁所。」安祖說。

客廳很暗。

愛倫站起來走開。書掉下來砸中她的腳，她加快腳步離開。

安祖用完廁所出來。愛倫在客廳慢慢走著。她看上去有些困惑。安祖跟著她到廚房。愛倫打開冰箱，就這樣站得直挺挺的看進去。

「你在看什麼書？」安祖問。

「你剛剛不是在看書嗎？」安祖又問。

「我不知道，」愛倫說。

她沒關上冰箱門，就這樣走開。她回來把冰箱門關上。沒有冰箱的燈以後變得很暗。愛倫被椅子絆倒，自己站起來，走到另一個房間去。

「你去了很久。」史提夫坐在車裡說。

「我試著和你妹說話。」

「你很渾蛋，」史提夫說。
「我是真的想和她說話。」
「你就是個渾蛋。」
「她就瞪著眼坐在黑暗裡。真不錯。」
「她一個朋友也沒有，」史提夫說。
他們去沃爾瑪超市。他們想找一些可以防禦兩個小妹的東西。什麼也找不到。他們在沃爾瑪待了兩個小時。安祖在車上拿出一卷錄影帶，《迷霧莊園》（Gosford Park）。
「狗娘養的。」史提夫說。
「你看過這部嗎？」
「狗娘養的。」史提夫又說了一次。
史提夫只想大謀殺；路邊都是亂葬崗。「這部片得到所有獎項，」安祖說。「好像因為導演上百歲還是怎樣。電影界的鍾芭拉希莉。」不合邏輯。算了。

「你才是他媽的沃爾瑪扒手中的鍾芭拉希莉，」史提夫說。

「我買的。」

「對，用你的熟練技巧買的。」

「對。還有一張十塊。」安祖打開引擎。瑟拉。瑟拉。音樂吵鬧又抑鬱。安祖把音量關小。

「鍾芭拉希莉讓我想殺頭藍鯨還是什麼的。我跟你說過她吧？我完全不懂她……的名字。她的名字看上去就像場大屠殺。」

「我們應該狙擊她，」史提夫說。「用我們的熟練技巧。」

「她應該正和她的普立茲獎坐在鑽石船上。」瑟拉住在紐約。他們修同一堂課。瑟拉在鍾芭拉希莉臉上畫老二。他們一起去逛書店。她提早畢業，遇見別人。安祖誰也沒遇見，搬回佛羅里達，沒有未來。

他們開車去賈斯丁家，把《迷霧莊園》扔在前院。裡面大概有五個男人一邊喝酒一邊打牌；全都很抑鬱，但誰也不承認。他們會展開一場抑鬱大屠殺，有氣無力地殺。安祖殺了一整窩的鳥和小松鼠。他和瑟拉一起爬樹。她的冰棒是藍色的。看上去很奇怪。一種不透光的材質。**為什麼你的冰棒**會困惑？

他們開車四處繞，什麼也不做；哪裡也不去。他們在車裡聽很抑鬱的音樂。安祖感到不知所措又無聊，或是頭腦清醒又冷靜；他不知道是哪個。汽車音響不錯。本田喜美很奇怪。安祖喜歡本田喜美是有原因的。它們看起來就像他的感覺一樣；是嗎？應該跳到她的那根樹枝然後親她。太危險了。應該提議蓋個樹屋。**讓我們休學住在樹屋上吧。像車庫一樣**。向她眨眼。瑟拉，大笑。有時她會突然瘋狂大笑。瑟拉美麗的臉，瘋狂大笑。然後靜止，如此漂亮。

「如果我們有一個人突然哭起來怎辦，」安祖大聲說。

「我明天要去西雅圖，」史提夫說。他沒聽到。音樂太響。還是他有聽到？無所謂。史提夫會去西雅圖，再也不回來。瑟拉在紐約，史提夫在西雅圖。安祖自己在樹屋上，可憐自己。松鼠媽媽瞪著一顆橡子，感覺幻滅。小妹妹們長大並抑鬱，在客廳諷刺地擊掌。水球打中史提夫的臉。水球。

他們去星期五餐廳。

「我需要一個老婆。」史提夫在沙發座上說。

「我需要……我不知道。我揉麵團。」

「我們應該去商場大血拼，」史提夫說，「然後她離開我，血拼商場變成血洗商場。」

瑟拉，已婚；她現在應該已經結婚了。「記得水球砸到臉的時候嗎？」

「我要殺了她們，」史提夫說。「我永遠不會殺人的。」

瑟拉，快樂地笑。「你還記得……」瑟拉緹斯頓。停止想瑟拉。「我剛剛說：『記得水球砸到臉的時候嗎？』」

「怎樣，」史提夫說。

「如果你妹妹們和彼此結婚怎麼辦？」

「我們應該組團，」史提夫說。

史提夫在西雅圖，和他爸喝咖啡。史提夫的老爸，尖叫。不合邏輯。

「我們永遠不會組團的。」安祖說。「我想組個團叫『亂倫女同』。」

他感覺自己很蠢。

「他媽的鍾芭拉希莉到底是什麼鬼？」史提夫說。

「不知道。我不是和你提過她嗎？」

「是啊，」史提夫說。「但他媽的鍾芭拉希莉到底是什麼鬼？」

「不知道，一個人。」

「那不是一個人。」史提夫說。

女服務生來了，一個他們在高中認識的女生。安祖不記得她的名字。他們假裝不認識對方。他們很快點菜；她走了。她變胖了。在星期五工作。她的人生完了。如果瑟拉在星期五工作安祖會微笑。安祖在達美樂工作，必勝客的升級版。他該辭職。他想辭掉人生就像辭掉工作。他在寫一本故事集，有關那些註定失敗的人。他永遠不會自殺。他永遠不會殺人，組團，或自殺。他在大學的女友試著自殺。然後她出了一本書。安祖需要出一本書。出一本書會讓他感覺不這麼完蛋。他在某些夜裡小哭。他在紐約的圖書館和電影院工作，現在在達美樂，晚上有時小哭。他父母搬去德國了。德國是中國的升級版，或許。

「我忘記她的名字了，」史提夫說。

「S開頭的。」不，那是瑟拉。「呃，她以前在我英文班上。」普爾老師有個塊狀圓禿。他們把落健的小冊子放在她桌上，她假裝這件事從沒發生。瑟拉喜歡這個故事。安祖在樹上告訴她。他說他想給普爾老師一個擁抱，和三個願望。還有呢，瑟拉問。一頂金色皇冠，安祖說。瑟拉笑著說她喜歡普爾老師。安祖說他喜歡普爾老師，突然感覺抑鬱，無法言語。瑟拉的冰棒也很抑鬱。他的冰棒是綠色的。「F開頭的。」應該把冰棒扔給她，靈活地在樹上跳舞。「我不知道。我亂說的。我沒概念。」沒有未來。

「我沒有未來。」

「幹，我不想聊這個。」史提夫說。

「我也不想。很沒勁。」而且浪費時間。「你明大幹嘛？」

「去見我爸，」史提夫說，「在西雅圖。」

「哦對。去多久?」史提夫的爸爸,尖叫。

「一個禮拜左右。我等不及了。」

「你真的想見他?每次有人一副很積極的樣子,我總覺得他們是在諷刺別人。我很討厭這樣。」

「我很積極嗎?」史提夫說。

「也還好。我不知道。你很奇怪。」

「我沒有要諷刺什麼,」史提夫說,「我真的沒有很想見我爸。呃,我想我只是覺得總算有一個禮拜不用帶妹妹了。」

「我無法理解你剛剛說什麼。」

「我也無法,」史提夫說。

「很好。」

「我感覺很好,」史提夫說。

「等等，你妹都不用跟你去嗎？誰來餵她們？」

「哦對，」史提夫說，「她們也會來。」

安祖也想去。安祖和史提夫，在西雅圖，把史提夫的爸爸埋在亂葬崗。

「等等，不對，」史提夫說，「愛倫會餵她們。」

「如果她把她們都殺了怎辦？」愛倫展開抑鬱大屠殺，安靜地謀殺所有事物。

「她正在修暑期課程，想交些朋友，」史提夫說，「她一個朋友也沒有。」

「我剛剛正考慮跟你去西雅圖把你爸殺了。我一直想到你爸會尖叫。」

服務生走了過去。她看起來抑鬱又困惑。她看著史提夫，不知道為什麼。她走了過去，滿臉疑惑。她變胖了於是放棄人生。她放棄了人生於是變得很胖。兩件事同時發生，像在惡夢裡一樣。

「她恨我幹嘛？」史提夫說，「我今晚睡不著了。她幹嘛不掛個名牌？我生氣了。我今晚睡不著了。」

「她在試著推翻星期五集團。她反對資本主義。」

「我用鉛管推翻她的臉還差不多。」史提夫說。

「我恨臉。」除了瑟拉的臉。每張臉都應該變成瑟拉的臉。那很恐怖。如果外星人長得像瑟拉安祖會擁抱它們，感覺平靜。外星人應該長得像瑟拉。安祖應該長得像瑟拉。然後瑟拉會長得像安祖，而一切都會顛倒。服務生回來了。史提夫看著安祖。安祖看著史提夫。史提夫有三個妹妹；四歲、七歲、十六歲，大概如此。史提夫的爸爸離開他們。安祖希望史提夫是瑟拉。有什麼不好？服務生回來了，手上連食物也沒有。安祖看著她的臉。她看起來很犀利。她的眼睛有些濕潤，但明朗而漂亮。她不再那麼困惑。她的人生畢竟還沒有結束。還沒。快了。她拿走番茄醬。

「他媽的賤貨。」史提夫說，把水杯放在鹽和胡椒旁邊。「我感覺像饒舌歌手史努比狗狗（Snoop Dog）。史努比狗狗是不是就是這種感覺？」安祖喜歡史提夫。他也喜歡瑟拉。瑟拉和別人開罵。那讓安祖微笑。她有時故意這麼做讓安祖笑。安祖總是在想她做過的和說過的話，他知道她非常有趣。一次他們站在書店裡，她咬安祖的肩膀結果他流血了。有次她罵一個屈臣氏的收銀員渾蛋。什麼？對方說。沒事，瑟拉說。對方一臉茫然。他在屈臣氏工作。他是個年輕黑人。一個渾蛋。安祖得逃離現場狂笑；他跑進貨架中間大笑。瑟拉推他，他撞上一排洗髮精感覺很痛。他們到佛羅里達來爬樹。在書店她咬安祖的肩膀，安祖跌倒在地上。星期五餐廳可以和達美樂媲美，大概吧。星期五的升級版是什麼？抑鬱地浪費時間。史提夫聊到賭場。他想組成一個樂團在賭場表演，專門翻唱『顎式破碎機』（Jawbreaker）樂團的歌。史提夫在電視上，手拿鉛管，我要殺了她。記者，殺誰？史提夫，鍾芭拉希莉。瑟拉，大笑。史努比狗狗，恍惚了。

「人們贏錢的時候會想聽悲傷的歌，」史提夫說，「他們想知道就算他們再有錢他們仍然是孤獨的。」他打噴嚏。「聽上去不怎麼合邏輯。如果可以呢？我們就可以在賭場唱『顎式破碎機』的歌，我的飛機明天會墜毀。」

安祖意識到他一直瞪著遠方一個男人的側臉看。男人的臉不自然的大。他的頭和脖子都很大。安祖感到有些抑鬱和生氣。「看看那男人。」

史提夫看過去。「我們應該請他和我們一起吃飯，然後落跑。」

「希望神燈精靈給他三個願望，」安祖說。瑟拉，然後呢？「還有一根鉛管。」

「我看他的時候他不太友善。現在我們變敵人了。」

「我無法理解你剛剛說什麼。」安祖說，「開玩笑的，我知道你在說什麼。我只是覺得這樣講很好笑。」

另一個服務生幫他們端上食物。她叫柏南黛。他們吃了一陣子。他們吃著。(「你怎麼找樂子？」)顎式破碎機，不是贏，就是輸，一樣的老新聞。章魚。馬克為他的章魚難過。史提夫站起來。「安祖，」他說，「過來。」

「等一下。」史提夫在西雅圖，在雨中玩噗噗車，手拿一支鉛管。「你在幹什麼？」柏南黛回來了。史提夫坐下。柏南黛走了以後史提夫站起來走出餐廳。安祖坐著不動，然後起身離開，沒看任何人。人生毀掉一半的無名女服務生追到停車場。安祖開出去時差點撞上她。瘋狂屠殺。安祖大笑。史提夫把頭伸出窗外大喊「星期五去死」。聲音都破了。

「她超抑鬱的。」安祖說，「我想用愛溫柔地謀殺她。」

「我感覺很蠢，」史提夫說。「我也覺得有點對不起她。她對我們超賤的。不知道。我破產了。我感覺很蠢。你有聽到我剛剛叫什麼嗎？」

「我想變成她。然後過來殺死我自己。我感覺很糟。」

「我們應該回去誠心地道歉，」史提夫說，「然後翻桌。」

「然後用我們的熟練技巧逃走。」

「沒錯，」史提夫說。

「如果有人在達美樂這樣做，我會超爽。如果達美樂有桌子的話。」

高級到連桌子都沒有。「我們沒有桌子。」

「挺爽的，」史提夫說，「我不覺得蠢。」

「我知道。我承認剛剛很爽。」

「我的飛機會失事，」史提夫說。「記得我媽死的時候嗎？」

「我恨世界，」安祖說，「我要把頭伸到窗外大叫『幹』。」他搖下車窗，把頭伸出去，大叫「狗屎」，然後把窗子搖上。

「愚蠢的世界。」史提夫說。

「我感覺很蠢。」

「這很蠢，」史提夫說，「我連『這』是什麼都不知道。」

「我不知道怎麼找樂子。」

「我妹比我們更抑鬱。」史提夫說。

「我感覺很糟，」安祖說。

史提夫繼續說。史提夫說話的時候安祖腦裡想著史提夫拿著一支鉛管，在雨中玩噗噗車，一個人，在西雅圖，史提夫這麼做是因為他在雨中開車聽音樂，突然覺得很開心，他把車停下，半夜三點闖入一家玩具店玩噗噗車。這句子太長了。他無法記在腦裡。他感覺疲倦。他感覺無聊。他想對旁邊的車大叫「狗屎」，然後跟在他們後面回家，在他們用頭捶把他扁成肉色肉醬前對他們誠心道歉。他讓史提夫下車。回家路上沿路排著溫蒂、摩斯漢堡、麥當勞、肯德基、星巴克，排成一列。安祖瞪著它們。他想要推翻它們。他反對資本主義；那其中有什麼把人類對事物的看法從可以感知的真實，轉移到抽象的事物上；他也反對對立，因為宇宙的二元性反對對立。但是，他仍然想毀滅麥當勞。若能推翻這一切會很棒。瑟拉會同意他。他們會去星巴克，造成複雜又深刻的大破壞。人們會尖叫，表情揉合著扭曲和好奇。人們會在家裡拿著舒潔思考究竟發生了什麼事，無聲地啜泣。他和瑟拉會跑進他的豪宅，複雜地大笑。房子很巨大。一棟宅邸。不，不是。只是一間大房子。宅邸就是一間大房子。安祖的爸媽住在柏林的一個塔裡。安祖看過照片：八個塔，排成一列。一百年內地球會變成一個長滿尖刺的金屬球。它會閃亮地在太空移動——困惑地，致命地。小學生，為什麼地球看起來像個中世紀凶器？當安祖看到塔的照片時他想像它們如骨牌傾倒。他在達美樂工作，必勝客的一種。他媽有些不對勁。癌症或什麼。她不會說。她是個好人。有個大頭的男人也是好人。不是嗎？一切這樣美好又悲傷。安祖啜泣。是音樂。他聽那些非常抑鬱又好記的音樂。他應該回星期五餐廳往顧客臉上扔鈔票，然後落跑。錢不會讓那女服務生快樂。她需要一場熱戀。她永遠得不到。她困惑因為她的人生已經結束。要快樂是不可能的。麥克費雪坐在大廳讀《紐約客》。安祖想毀滅世界，用一系列的善行，每個善行都比上一個更難以想像。當安祖回家瑟拉會在那，笑他想住在樹屋上。他們將會游泳。為什麼他這樣想？因為沒有未來。

隔天下午，吃早餐穀片。看著好運道（Lucky Charms）的穀片盒子。安祖吃好運道因為他已放棄人生。他該創造倒大霉穀片。有次他媽回家時買了好運道而不是甜圈圈（Cheerios）。她很開心地用右手拿著好運道，而不是放在購物袋裡。安祖看到好運道也很開心。他們在廚房一起開心地接受這個不健康的改變。現在安祖整天感覺像史努比狗狗。不，他沒有。他從不感覺像史努比狗狗。「那是史提夫，」安祖大叫，不知為何。他感覺噁心。他再也見不到瑟拉了。如果鍾芭拉希莉愛上他呢？他還會唾棄她嗎？她住在鑽石打造的游艇上。連她的普立茲獎都怕她。安祖微笑。

身為人，他比瑟拉寂寞。瑟拉比較矮。瑟拉緹斯頓。想到她的姓氏安祖感覺悲慘又舒服。瑟拉緹斯頓。安祖會哭。他該把好運道穀片扔掉。棉花糖，從天上飛過。他這麼做了。紙盒打中冰箱掉在地上。沒有棉花糖。沒有未來。

他餵狗，帶牠們出去，帶牠們回來；煮咖啡，沖澡，喝咖啡。

去電腦室的路上他經過琴房。琴房中間有團新鮮的狗屎。晚點再清。還有一些狗尿。狗娘養的。史提夫在西雅圖，和他爸擊掌。回去道歉。然後翻桌。史提夫。

安祖在電腦室裡看著他短篇小説集的目錄。他的短篇小説集。被三十個編輯拒絕。拒絕是好的。把他人放在自己之前，完全奉獻。成功、金錢，權力、名聲、快樂、朋友；任何歡愉——全給出去，在人生的金字塔中，相信一切都有報償，然後為此滿足；不是為了真正的報償，是為了相信有報償而滿足。沒有報償。只有死亡。功夫，麋鹿，死亡。新加坡，章魚，死亡。每個故事裡的主角都抑鬱而寂寞。每個故事都是二十頁，講述無意義。他打開一個故事。如果他寫得夠好夠有趣，瑟拉就會在泳池裡現身。他看著故事。刪除。他需要咖啡。他已經喝了咖啡。把故事不經意地丟到回收桶裡。用熟練技術把回收桶清空。組成樂團。不是贏，就是輸，一樣的老新聞。寫一個有關史提夫的故事。在賭場裡瘋狂屠殺，用鉛管。比較和對照鍾芭拉希莉和史努比狗狗。用普立茲獎當凶器會很好笑。安祖已經花了兩百個小時在這篇故事上。怎麼會這樣？這故事令人費解；被拒絕了二十次。他寫電子郵件給別人，沒人回應他。沒有交流。史提菲史密斯（Stevie Smith），比你想像的去得更遠。史提菲的畢生作品，在某處，困惑。音樂比較好。你不會躺在床上聽有聲書邊哭邊感覺悲慘又舒服。或許你可以。鍾芭拉希莉永遠不會展開抑鬱大屠殺。史努比狗狗，或許會。

鍾芭拉希莉。《紐約客》。她有篇故事叫「性感」。性感。瑟拉很性感。

瑟拉，性感地大笑。

安祖站著。

他躺在地毯上。

他瞪著地毯。馬克。

馬克比較喜歡蜘蛛人。

安祖開車去上班。音樂太大聲。他關掉它。他爸媽住在塔裡；八塔之一。哪一個？得癌的那個。瑟拉坐在副駕駛座。安祖看著。她不在那裡。如果她在她會指著什麼然後他們會一起爬。一座山。會有一座山。安祖會抱住她。他不想送披薩。他想建一座樹屋。每個在工作的人都平庸而老套。安祖平庸而老套。他沒有任何話要對任何人說。沒有人有任何話對任何人說，不知為什麼。每件事都灑狗血又老套。安祖的大學女友嘗試用牙科手術得到的安眠藥自殺。這讓安祖感覺灑狗血又老套。他應該對她瘋狂大笑，然後用鉛管殺了她。他和瑟拉，對著前女友的屍體性感地大笑。在她性感大笑時吻她。當他們坐在樹上。用熟練技術快速娶她，然後殺了她，不知為什麼。安祖該把他的豪宅賣掉搬去紐約。把現金裝進皮箱。瑟拉在那裡，大笑。他們會一起站在書店。他們會帶著鉛管悄悄跟蹤鍾芭拉希莉。讓我們建座樹屋在她臉上。瑟拉會對那些騎在馬上的警察開幹。警察會把視線移開。瑟拉會問荒野大西部要怎麼去。

紅綠燈前一切平靜。安祖有被拍攝的感覺。每次停在紅燈前都有。必須爆炸。安祖的人生必須平庸地，老套地，戲劇化地改變。他把頭伸出窗外無心地大叫。如果瑟拉在此她會大笑。燈號變綠。如果安祖把車開得瘋快，瑟拉會感覺到，不管她在紐約或別處。安祖開得飛快在十字路口瘋狂轉彎橫跨兩道。工作時他送四個披薩然後把酸辣雞翅送到身著睡衣的老人手上。晚上七點。安祖回到車上。有隻海豚在後座。

安祖開回達美樂。

「麥特，」他說，「有隻海豚在後座。我可以回家嗎？」

「讓我把這些辣香腸放上去，」麥特說，「然後再跟你結帳。」

拿完每趟六角的油錢以後，安祖拿到十四塊。

「給海豚一半，」麥特說。

他們在麥特辦公室裡。

「好吧，」安祖說，「等等。為什麼？」

「不要這麼多問題，」麥特說，「我受夠你老是意見一堆了。」

「好吧。」

「好吧，」麥特說，「把門打開，留在這裡。」

安祖把門打開。

「傑若米，」麥特吼道。

傑若米走進辦公室。

辦公室很小。

三個人有點太擠。

「什麼事？」傑若米說。

「把每個人都叫來，」麥特說。

傑若米離開了。

安祖離開了。

「安祖，」麥特吼道。

安祖回到辦公室。

「海豚可以等，」麥特說。

傑若米帶著所有人回來。

他們全走進麥特辦公室

位置不夠。

有些人站在麥特桌子上。

有人把門關上。

非常擠。

有人把燈關上。

某人身體擋著唯一的窗戶。

安祖不能動，什麼也看不到。

酷熱又陰暗。

「誰剛剛肘擊我的臉，」麥特說，「你被炒了。」

「不管是誰，」有人激動地說，「什麼也別說。」

「從麥特身邊移開，」另一個聲音說，「開燈的時候，他就不知道是誰了。我是說如果我們還能離開的話。」

「這是麥特和我的辦公室，」傑若米說，「每個人都說是『麥特辦公室』。這是我們共有的。」

「可悲經理，」安祖說。

「安祖？」傑若米說。

「我很怕，」某人說。

「我很無聊，」安祖說。「我在流汗。」

「瑞秋在這嗎？」另一個人說。

「沒有，」某人說。

半分鐘過去了。

「你剛剛想說什麼？」瑞秋說。

「我不知道，」某人說。

「我很困惑，」某人說。

「誰去把門打開，」麥特說。

有人把門打開。

「現在怎樣，」有人說。

「我不知道，」另一個人說。

「安祖，」傑若米說。

「大家回去工作，」麥特說。

「你確定嗎？」某人說，「說不定我們該回去做些別的。我不知道——隨便什麼別的。」

但每個人都已經回去工作了。

安祖在車裡。

他給海豚七塊錢。

海豚叫，「**咿—咿—咿**。」

安祖開車回家。

海豚在第一個紅綠燈說，「在大潤發放我下車。」

「什麼大潤發，大潤發在哪？」

「在銀樓的旁邊，」海豚說。

「那是家樂福。」

「在家樂福放我下車。」海豚說。

「那很遠。」

「所以呢？」海豚說。

「你是去買毒品嗎？」

「你幹嘛問我是不是去買毒品，」海豚問，「不要這麼蠢好嗎。」

安祖開到家樂福，停車，下車。

「你不用送我進去，」海豚說。

「我需要買衛生紙，」安祖說。

海豚走得比安祖快些，然後慢下來。

安祖走向其他方向。

海豚看到了，走向其他地方。

他們一起到達門口。

「不要弄得這麼蠢，這麼尷尬，」海豚說，「你到底要不要一起走？」

「好吧，」安祖說，「等等，你是要……」

海豚瞪著安祖。「算了吧，」海豚說。

「不，等等，」安祖說，「你到底要買什麼？」

「離我遠點，」海豚說。「你是不是要問我會不會『咿－咿－咿』地叫。他媽的白痴。離我遠點。」海豚看著安祖。

「等等，」安祖說。

海豚走進一個圓形衣架中間，靜靜地哭。

安祖看看四週。

他回家。

海豚哭了一陣然後買了一把牛排刀。

海豚回家。

牠看著鏡子。

牠把牛排刀鋒垂直放在脖子上，緊緊抓住刀柄。

牠瞪著鏡子。

牠穿上夾克，坐飛機到好萊塢，找到伊利亞伍德。

「和我到一個地方去，」海豚說。

「我可以順便遊河嗎？」伊利亞說。

「抓住我的鰭。」

伊利亞爬到海豚背上。

「你他媽的白痴。等我們到河邊再抓，」海豚說，「不是在他媽的停車場。」

伊利亞大笑。

「你是個白痴，」海豚說。

他們坐伊利亞的車到海邊。

海豚從海灘滑進海裡。

伊利亞爬到海豚身上。

海豚游了起來。

「耶！」伊利亞說。

海豚游到一個島上。

「我有東西要拿。」海豚說。

海豚離開，回來時背著一個沉重的樹根。

「你知道《冰風暴》（The Ice Storm）嗎？」伊利亞說，「書的最後那個男人看到一個超人還是什麼。非常奇怪。電影裡沒有。電影裡有克莉絲汀蕾琪。」

海豚重擊伊利亞的頭。

伊利亞逃跑，跌倒。

海豚重擊伊利亞的身體和腿。

伊利亞慘叫。

海豚把伊利亞的屍體拖進洞穴，坐在上面。

洞穴裡安靜又黑暗。

海豚感覺不好。

牠感覺非常冷靜但有一絲不好。

一頭熊把西恩潘的屍體拖進來。

海豚把伊利亞的屍體推進洞裡，聽見一聲椰子般的巨響。

熊停頓了一下，然後快速把西恩潘的屍體拖出洞穴。

西恩潘的頭顱在地上發出椰子般的細響。

安祖在家沖澡，吃香蕉。他出去遛狗。狗很小。和兩條小狗住在豪宅裡，在這個鐵柵欄圍繞的社區。安祖的鄰居覺得他很奇怪。「古怪」。安祖害怕那些鄰居。鐵柵門設有密碼。瑟拉設有密碼。她該要有。安祖會站在那裡數年嘗試破解。他不做記錄也沒有任何策略，他只會不停地嘗試不同組合，然後卡夫卡將會從墓裡復活寫一本有關他的小說。他餵他的狗。琴房裡的狗屎更多了。別管它。把房子賣了。整個皮箱的現金。他走到後院。他想跳進泳池裡。用閃電般的速度狂游二十圈。淹沒。噗噗，他想。他走進客廳。他躺在沙發上。不擺手但淹沒。

沒有未來。未來就是現在。毫無意義。來自未來的擺手。每件事都老套又戲劇化。他該吃東西。他曾這麼想，這罐有機豆漿會讓我健康讓我頭好壯壯我就會寫得更好。或是，我吃得越少花越少錢在大企業上就會減少這個世界上的痛楚和苦難。現在他會想，要快樂是不可能的。誰會這樣想事情？像是，《迷霧莊園》是有史以來最爛的電影。迷霧？迷霧？

「迷霧，」安祖大聲說，「迷霧」。

「現在發生的一切全是抑鬱地浪費時間。」

他找到他的狗然後跟著牠們。「狗兒們，」他說。吉娃娃們。牠們有各自的名字。浪費時間？不，狗很好。牠們很老。安祖為牠們感到難過。假裝牠們是瑟拉。「瑟拉，」他說。他摸摸牠們。牠們跑了。他的房子很大。他再也找不到他的狗了。他會找到牠們然後捏碎牠們。亂葬崗。地球就是一個亂葬崗。安祖需要停止想他常想的這些事情。他需要把他的房子賣掉。

他需要清理琴房的狗屎。他拿著衛生紙到琴房去。為瑟拉彈了一首曲子。她會感覺到的。他彈幻想即興曲彈得很爛。聽上去老套又戲劇化。太響。關上。他不彈了。謝謝，他想。晚點再清狗屎。永遠不清狗屎。把房子賣了。不要看那裡，那裡只有一架鋼琴。不要踏進那。不要踏上我的抽象畫。瑟拉，前院的樹屋也可以當作車庫。整個皮箱的現金。庭院的擊掌。愛倫，坐在客廳的黑暗裡。瑟拉緹斯頓。為什麼今天安祖如此迷戀瑟拉？難道他每天都這樣？他記不清了。不要再想了。死亡。想死亡。宇宙的二元性。安祖在德國的媽，瞪著天花板想著死亡。母松鼠飛過，困惑。瑟拉，我感覺飛翔的松鼠需要停止亂搞找個工作。不是贏，就是輸。有臉的男人。三個願望。瑟拉。安祖會尖叫，性感地。樹屋上的瘋狂屠殺。安祖就要謀殺某人了。他上樓走進自己房間，放一卷抑鬱的音樂，悲傷地躺在地板上；把毛毯從床上拉下，蓋住在地上的自己。瑟拉。

樓下發出一聲巨響。
有東西正在往上走。
安祖站起身走到床邊。
坐在床上。
一隻熊走進安祖房間。
熊看著安祖。
牠一邊看著安祖一邊在牆上猛抓。
熊看到恆溫器把溫度轉低。
安祖躺在床上進入睡眠。
他醒來時變冷了。
熊站著說，「赫，赫。」
「北極熊，」安祖說，「那是你要的嗎？」

熊看著安祖。

牠繼續看著安祖，到安祖桌上拿起一個CD殼。

看著CD殼，看著安祖，放回CD殼。

「放回去，」安祖說，「哦，好吧。」

「我放回去了，」熊說。

「我知道。」

「我需要拿些東西，」熊說。

熊下樓，拿了鐵錘回來。

熊用鐵錘在地上敲出一個洞。

熊看著安祖。

熊假裝跳進洞裡。

熊一跳消失在空氣裡。

安祖走到窗邊。

熊正跑過鄰居的前院。

熊跳過一排樹叢降落在草地上。

用鐵鎚把樹叢砸爛。

變成一輛卡車開上樹叢。

變回一頭熊。

用鐵鎚砸爛一棵樹然後尖叫。

消失。

重新出現在安祖旁邊擁抱安祖。

「我很悲傷，」熊說，「給我點建議。」

「我不知道。去日本，」安祖說，「日本現在是早上。」

「日本哪裡？」

「一間房子，」安祖說。

「一間房子。哪個城市？」

「一間小河旁的房子，」安祖說。

「好，」熊說，然後消失。

安祖回到床上。

用毛毯蓋住自己。

把臉埋進枕頭裡。

春假。她來佛羅里達。她在鍾芭拉希莉臉上畫老二。屈臣氏。她說，**沒事**。對方說，**什麼**？他們坐在兩個不同樹枝上。他應該更靠近的。他太抑鬱了。他老是太抑鬱。他應該更開心然後大笑。他忘記開心了。他無聊到無法開心。**你的冰棒看起來很困惑**。瑟拉，大笑。應該靈巧地跳到她那邊去，吻她。應該突然摟住她共舞。他們應該待在佛羅里達。他們應該共舞，然後從樹上跌下並一起被送到醫院。一起在醫院接吻。為什麼現在不是這樣？

「蝙蝠車看上去像部坦克，」安祖對馬克說，在日本料理店，在曼哈頓，他們倆都不住在那。「他是開自己玩笑嗎？就這樣到處亂搞。」

「或許我不該和你去看這部片，」馬克說。他們本來要一起去看最新的蝙蝠俠電影。馬克很喜歡蝙蝠俠，但更喜歡蜘蛛人。「我會自己去看。」

「我想看，」安祖說，「我想如果我願意，一定可以發自內心地好好欣賞。我是說，我可以『沉迷在劇情中』或什麼的。如果我選擇要這樣的話。不是嗎？」

「這跟『沉迷在劇情中』無關，」馬克說，

「那只是——那是《蝙蝠俠》。你就是自以為是。」

「不，我沒有，我喜歡《英雄本色》，梅爾吉勃遜領銜主演。」安祖笑。露齒笑，他想。馬克沒回應。他是個從新加坡來的研究生，安祖知道，他們在軍隊裡播放《英雄本色》，然後用《英雄本色》的情節做教材談論愛國主義。「這是披頭四嗎？」安祖說。他們正在播放披頭四的歌，或什麼的，在日本料理店。「聽上去像是披頭四。」

「是披頭四。我喜歡披頭四。」

安祖看看四週，除了「看看四週」這動作本身他什麼也沒想。他把水喝光——一滴不剩——放下杯子然後看著它。新加坡，他知道，是國家兼首都。就像梵蒂岡。只有天主教徒住在梵蒂岡。要有教宗在護照上蓋章你才能進去。他每天花一個小時蓋章，除了星期日，他會四處散步隨意坐在長凳上。你得去找他。有時他會爬到樹上躲藏。瑟拉，安祖想。這些都不是真的，他想，一時恍然大悟——脫離意義，語言和理解。「披頭四……」他說，「他們——他們相信上帝嗎？」

「我不知道，」馬克說，「我不會把這些東西放在他們之上。或之下。隨便。」

「他們有首歌叫〈耶穌愛你〉還是什麼。」

「不是，」馬克說，「那是別人。」

「喔。」安祖說，「誰？」

「不知道，」馬克說。

安祖拿起辣椒醬。他覺得很累。他有一種存在性的衝動想不停地重複說，「我很無聊，」就算他並不無聊。他總是無聊。只要他說「我很無聊」以外的句子，他便感覺焦慮和被監視。

「美國搖滾樂，」馬克說。

他們無聲地吃飯。幾個禮拜前他們還似乎會成為好友。一晚在聯合廣場附近散步時，馬克說：「我可以問你一個問題嗎？」安祖以為他會問有關自己的事。「你都怎麼找樂子？」馬克說，「我從來沒有過什麼樂子，從小到大。我不知道怎麼做。」安祖想給馬克一個擁抱，或什麼的——給他三個願望——結果他卻說，小說家珍瑞絲（Jean Rhys）也說她在成長期間從來沒有什麼樂趣。「讀珍瑞絲寫的《早安，午夜》，」安祖說。另一次馬克告訴安祖一個故事（一個週五晚上在咖啡館裡，馬克聽見一個人和女服務生談論無聊。那人走了。馬克跑去跟女服務生說：「我也無聊。」女服務生說：「無聊的人就會無聊。」馬克付了茶錢然後離開。）然後安祖告訴馬克一個故事（寫作課結束後老師過來恭喜安祖得了大學寫作獎。「你寫了什麼得獎的？」一個同學問，她是瑟拉。「一個故事，」安祖說。「什麼故事？」「你沒有讀過的故事，」安祖說。「為什麼我沒有讀過？」

「因為我有十個你沒讀過的故事。」「我可以讀嗎？」「全部嗎？」「對。」「你不會讀的。不要裝客套。你失控了。」「我不是客套。」「我寄一個給你，」安祖說。「好，」瑟拉說，然後從來沒讀，然後畢業搬到麻薩諸塞州，在那裡她在即時通上說了三四次她會來拜訪安祖，然後，一年以後的現在，並沒有。）。

「你對總統有什麼看法？」安祖說。

馬克把麵條放到嘴裡。

「我覺得他比大家想像的聰明。」安祖說，「他在電視上眨眼。他眨得很快，所以只有幾個人看到。我覺得他在嘲諷一切。」安祖停止說話。馬克沒有回答。「當然每個在電視上的人都在嘲諷一切，」安祖說，「但總統知道他在嘲諷一切，那是雙重諷刺。在電視上的雙重諷刺等於現實人生的正常諷刺。如果你在電視上毫不諷刺等於你在現實人生缺乏諷刺。

聽上去很讚。缺乏諷刺。」聽上去像個擁有右翼樂迷的饒舌金屬樂團，或是部不成熟但有MTV資金的獨立影片，主題虛無但結局舒服，去年上映的——總是去年上映的。

「嘲諷非常特權，」馬克說，「當你不用幹什麼維生的時候你就嘲諷——或是你所做的事情和維生無關，你就會花四千萬去拍部《人生海海》或《海海人生》什麼的。」

「我懂，」安祖說，「不然你要他們怎麼做？」

「我不知道，」馬克說，「總之不要——你知道，我是說，現在的人，老是，『我好抑鬱。你好抑鬱。讓我們在一起，一起來抑鬱』。」

「這是個好片名，」安祖說，「我會看那部電影。你也會。承認吧。」

「我不認為我會。我不像你。你覺得我像。」

「你是新加坡來的。」

安祖看了新的蝙蝠俠電影，不嘲諷，不認真，也不欣賞；或是有點欣賞。出戲院後，他不停地開有關劇情可信度，電影節奏，蝙蝠俠的果菜汁，和好萊塢的玩笑。馬克說安祖就會整天抱怨，毫無意義。安祖道歉，說他只是在做自己——甚至不是抱怨，真的，只是開開玩笑而已。馬克把他對安祖個性的詮釋轉移到現代社會，然後對此抱怨，以後現代、白人、和米蘭達裘麗（Miranda July）為例。安祖的注意力在白人那附近開始飄移到瑟拉那裡。（「為什麼我沒有讀過？」）馬克提到早知道他就該自己去看這部電影。安祖叫馬克別再這麼說。馬克用不同說法又說了一次。安祖說他應該移動更快才能破壞什麼。他覺得蝙蝠俠讓他感覺緩慢而且殘廢，是個荒謬又諷刺的笑話——沒有大量諷刺性的人絕對無法下嚥，就算十歲孩童也一樣。他說馬克是對的；他就會整天抱怨。很久以前安祖在佛羅里達的朋友史提夫說為什麼我只會抱怨？安祖很喜歡；有次瑟拉說我只會抱怨，安祖也喜歡；現在安祖說「為什麼我只會抱怨」？卻沒人喜歡。

「你毀了我的《蝙蝠俠》，」馬克說，「我恨你。」「你不恨我，」安祖說，「別這樣說。」他問馬克為什麼喜歡蜘蛛人勝過蝙蝠俠。馬克解釋著。安祖理解了頭一句，便沒再聽後面那些支持論點。當時他們在紐約第三大道上，無目標地亂走。（「你都怎麼找樂子？」）人們歡笑著因為身處曼哈頓，醉醺醺，星期五晚上——是這樣嗎？明天就是星期六。安祖在圖書館工作時上網查信。晚上回家寫短篇小說，故事中心是一個完蛋的主角，就邏輯上說，每個人都完蛋了。每個句子都要和主題有關，不然安祖就覺得他和這故事都「毀了」。寫作過程可怕又毫無報償（嘗試對某人過去和未來想像的絕望之處保持客觀和興趣盎然）但有些時候，如果他寫得夠清楚的話，安祖會感覺，甚至有那麼一瞬間他會相信，絕望的感覺是一種誤會，事實上他想念那些時光，而他的文中充滿這種渴盼；在感到寂寞或悲傷時，他會抱著殘缺失落的情懷，試著去渴望當下；去體驗這個他將在之後念念不忘的當下——意識到它正在發生，而感到難過是錯誤的——就像這不過是紙上談兵，是被閱讀而不是被搬演。叔本華說過——不要把人生當作一本你正在寫的書，而是一本已經完成的書，一切已成定局，於是人可以從痛苦當中超脫出來，痛苦是外在的；並不在文本之中。接受一切。世界存在。一切存在。馬克更喜歡蜘蛛人。「馬克更喜歡蜘蛛人」是真實的存在，存在這世界上，安祖知道，就像「安祖」存在一樣。

他試著想和馬克解釋這點，但半途而廢說，「我搞不清楚了。」

「我不知道你幹嘛這麼抑鬱，」馬克說，「你有朋友。我沒有朋友。」

「我沒有朋友。而且我並不抑鬱。」

「如果你不是抑鬱的話你就會欣賞《蝙蝠俠》而不是抱怨這抱怨那，」馬克說。

「我有欣賞，」安祖說，「我開心的時候就會抱怨。」

他們沉默地走過一整條街。

「我希望蝙蝠俠可以抑鬱點，」安祖說，「他應該穿著蝙蝠裝整天躺在床上。我們應該來拍這部電影。」

「沒錯，」馬克說，「管家每天早上會送上一大杯抗憂鬱果菜汁。」

「羅賓會在電視前醉倒，」安祖說，「他的台詞會是，『我白天是個酒鬼。』然後鏡頭轉到躲在洞穴裡的蝙蝠俠。鏡頭拉近蝙蝠俠的臉，他的雙眼緊繃地顫抖。」

「你會很愛。你就希望全世界的人都抑鬱，」馬克說，「這大概是你喜歡我的唯一原因，」他遲疑地說。

「不是，」安祖說。

他們望著紅燈，等著過馬路。

「我不喜歡太快樂的人，」安祖說，「他們已經很快樂了；他們不需要被喜歡。」

「哇，好無私啊，」馬克說。「簡直是個聖人。我必須表揚你的菩薩心腸。令人讚賞。」

「有時候你也會冷嘲熱諷，」安祖說，「很棒。為什麼你可以這麼尖酸，同時還能真心享受《蝙蝠俠》？」

「因為我不自以為是。」

「噢。」

安祖在暗巷裡看到一個外星人，身後站著一頭麋鹿。

一頭熊把馬克和安祖推進暗巷。

「看著，」熊說。

熊消失然後出現在左邊三呎外。

「我剛剛做了什麼？」熊說。

「瞬間移動。」馬克說。

熊消失然後出現在離地一呎的地方，摔在地上扭到了膝蓋。

熊消失然後躺著出現。

熊消失然後站在五呎外的地方。

「我很無聊。」熊說，「我瞬間移動。」

熊走到馬克那。

熊推推馬克的肩膀。

「我很無聊，」熊說。

馬克拿出一張二十塊鈔票，拿到熊面前。

熊看著安祖。

「我也很無聊，」安祖說。

熊消失了。

突然有個東西從後面撞上安祖。

安祖回頭。

是外星人。

安祖跑了。

他走進熟食店買了一杯紅蘿蔔汁。

馬克走向安祖。

「嘿，」馬克說，他看著安祖的臉，目光隨即移向安祖臉的一邊；最近他總是避免正視。「你餓嗎？」

「你想吃東西嗎？」安祖說。

「我不知道，我可以吃。」

「好吧，那吃吧。」

他們去日本料理店，另一家。那年日本人發明會跳舞的女機器人，安祖不知怎麼知道的。他去過日本——一次。他應該在那裡。他應走在日本的第三大道上。那裡也會有條第三大道。機器人會對他唱情歌。「日本比紐約好，」他說。他不想多說。多說要說很久。總有人會意識到對話不過是語義問題。對話有什麼意義嗎？「沒事，」安祖說，「我不知道。」不想多說，這是某種病的症狀——某種症候群。安祖不想去想。或許他該吃抗憂鬱劑。（「管家會送上抗憂鬱……」）看醫生，填表格，等三個禮拜讓它「起作用」——太難了，當然。為什麼是三個禮拜？感覺不太對勁。應該是漸進的。語義問題，大概。「起作用」。馬克不再言語。那是三月的事。三月，安祖想。他有時感覺人生是某種升得老高的東西，這些波拉克（Jackson Pollock）潑墨畫一樣的春，夏，秋，和朦朧銀白，天寒地凍的冬日，不過是一場墜落，朝著源頭，以一種導正的方式，彷彿被某種精神性的引力所牽引，直向更有智慧的意識而去——也或許是無意識；引力可以這樣自我欺騙嗎？——朝著死亡。一種疾速又緩慢的動作；思考時間太多又永遠不夠。他們瞪著菜單。他們不再和對方說話。他們互相認識。安祖知道今夜過後他們不會再在一起閒逛。他再也不會見到馬克。而且，馬克不會再說話。女服務生來了。他們點菜但留著菜單——好有什麼可以看。

「他們把所有爛魚都給我，」馬克對著他的海鮮沙拉說。

「不會吧，你那裡什麼都有，」安祖說，「不然你喜歡什麼？」

「鮭魚，鮪魚。」

「你有鮭魚和鮪魚。」他有；它們都在那裡。

「我有——這是什麼？魷魚。」

「章魚，」安祖說。

「章魚。」

「那是章魚，」安祖說。

「章魚，」馬克說。

熊出現的時候，有隻倉鼠在熊家廚房的牆上。

熊出現，坐椅子上。

倉鼠像隻蜘蛛爬過牆壁，天花板，和另一面牆。

熊到臥房去。

「我心跳得很快，」熊對他女朋友說。

「你的心？」熊女友說，「為什麼？」

「有隻倉鼠，」熊說。

「到這裡來，」熊女友說。

「我不想性交，」熊說。

熊的女友拿起毛毯走進廚房。

倉鼠就在桌上。

牠跳到牆上，在牆上爬。

熊的女友回到臥房。

熊躺在床上。

熊的女友躺在床上。

「我不想再努力，」熊說，「我不想再移動或思考了。」

「口交，」熊女友說，「少在那以退為進。」

「我不想。我只是說出我的想法。」

熊的女友滾下床跑進廚房。倉鼠坐在桌上。

熊女友用毛毯蓋住倉鼠。

熊走進廚房。

「牠會窒息的。」熊說。

倉鼠把毛毯咬穿。

倉鼠站在那裡。

「我不知道牠們會那樣，」熊的女友說。

「我之前看過，」熊說。

「你剛剛才說牠會死，」熊的女友說，「你說『窒息』。」

「我忘了，」熊說。

「我是說我自己，」熊說，「感覺像是我要窒息了。」

「你們的對話簡直沒完沒了。」倉鼠說。

「我知道，」熊說。

熊女友坐在桌上，握著倉鼠。

熊女友輕輕地打倉鼠巴掌。

熊坐在桌上。

「我想殺了索爾貝婁（Saul Bellow），」熊說，「我知道他已經死了。」

「你還恨你的小說嗎？」熊女友說。

「我的小說很蠢，」熊說。

「我想要咬穿什麼，」熊女友說。

「我感覺我上下顛倒，」熊說，「那感覺很糟，那感覺糟透了。」

倉鼠睡著了。

「牠被我們的對話催眠了，」熊女友說。

「我該把威而鋼、抗抑鬱劑、安眠藥、咖啡因藥片一次吃掉，」熊說，「然後吐在桶裡。再到泳池泡個澡。」

「牠在裝睡，」熊女友說，「免得和我們說話。」

「牠在嘲笑我們，」熊說，「笑我們多無聊。」

「我想我剛剛睡著了，」熊女友說，「這就是現在的無聊程度。」

「我想甩麋鹿一個耳光，」熊說。

有時麋鹿會在睡夢中意識到什麼。牠們起來然後被熊掌摑。但牠們不會生氣。那年麋鹿沒有錯覺。它們知道事實就是這樣，而世界本身就是事實，而事實沒有好壞就只是這樣——一種你在房間裡面獨自待了很久，舒服地聽著音樂所產生的世界觀——再沒有看法、感覺、恐懼、或仇恨。牠們看著熊和毛毯，牠們說：「謝謝你」。

有時熊會感覺冷。

然後說：「赫，赫。」

然後從麋鹿頭上拿走毛毯，然後掌摑牠們的臉。

麋鹿會說：「謝謝你」。

那年麋鹿獨自站在陰暗的小巷裡。牠們有千磅重，那讓牠們什麼也不願想。大部份時候牠們只是看著，從遠處——在黑暗中且什麼也不想。在明亮和陰暗的小巷裡，麋鹿會走到暗的那邊望著亮處——什麼也不想。有時外星人會和麋鹿站在一起，不是為了團結而只是碰巧那樣。外星人一般站在陰暗的出入口，但有時候搞混了，便在陰暗小巷中，站在麋鹿的後面，上面，或是旁邊。有時熊會爬到麋鹿身上，麋鹿會感覺溫暖又開心，讓牠們情不自禁奔跑。那年麋鹿沒有朋友。很多時候麋鹿感覺疲倦於是靠在其他麋鹿身上。但那裡沒有麋鹿，於是麋鹿跌倒。

看到麋鹿倒在地上睜著圓眼張望是件難過的事。

於是有時熊會把毛毯蓋在麋鹿臉上。

熊喜歡蓋毛毯。

有時熊碰巧希望西恩潘在那。

熊會看電視。

想普立茲獎。

然後發呆。

然後想：「真我希望我能在西恩潘面前揍西恩潘一拳。」

然後西恩潘會在那。

西恩潘會和熊打架。

熊會嘗試阻止西恩潘但西恩潘有刀，而且熊會不小心捏碎西恩潘。

熊會想：「喔老天，喔老天。」

然後把毛毯蓋在西恩潘屍體頭上。

那年愛倫靠著她對高中同學和家人的觀察，知道她的新年目標（新年目標很蠢，但她在課間太無聊於是開了一個清單，然後從中擇一）是變得更警醒，把事情想得更清楚，她猜想這讓她的成績變得更好。提昇自信最好的方法不過是意識到身邊的人有多愚蠢，多書呆，洞察一些煩人的真相，像是——做一些甚至不怎麼刺激或狂野的事，然後說：「有什麼不可以？」或是說：「有什麼不可以？」然後做一些半強迫卻毫無意義的事。大部份的人不過是到處說：「有什麼不可以？」然後等到真的要做些什麼的時候，就說：「這太難了啦，」然後什麼都不做。

那年事情照樣發生，當然，就像其他年份一樣——其實它們都差不多，愛倫猜想；年這單位又算什麼；不過是在太陽旁邊沿線繞了一圈；計時本身就很可笑——一切多半是偶然，不然就是受物理動力牽引，或是過去早已種下的前因（就像一個嘗試解開自己的數學題，世界這團停不下來的物質，難道不就是國中那些無止無盡的冗長數學題嗎？）

愛倫也曾經撞倒一根「禁止迴轉」的路標。當時她十六歲，沒駕照也不想要——開車有害環境，她沒錢買車，也不想排五個小時的隊去考砸什麼白痴的考試——但在某個極度渴望吃苜蓿芽加紅酒醋，全家都已入睡的晚上，她洗把臉跑到路上，坐上她哥的本田喜美，鑰匙就放在儀表板上（愛倫想，這不只愚蠢，而且令人洩氣）。撞倒「禁止迴轉」的路標後，她在恐慌中開上反向車道，腦海中浮現那些撞擊測試中扭曲的假人，於是進入一種真空的平靜狀態——聽覺逐漸內化，靈魂飄向無極，一個更純粹的所在，你想往哪裡開都可以；愛倫溫柔地想，這或許也可以算是冥修——隨即她碾過安全島，撞在樹上的右後照鏡「啪」地內折，一路開回社區。到家時她想，毀•滅•證•據，她把車停好，鑰匙放回儀表板，奮力把壞了的後照鏡從車上扭下——就算她隨即想起，其實根本沒事，後照鏡壓回原位就好；然而她仍繼續，雙手並用，使盡蠻力——接著奔過大街，把零件扔過圍欄，擲進他人後院。她回到屋子裡，小心慢走，無比文明，腳步輕得像個聖人。她看到她哥，史提夫，睡在沙發上。她兩個妹妹在廚房吃著一碗什麼，愛倫走過時她們小心隱藏。她回房，爬上床，側身躺著，直到過了很久她打哈欠進入睡眠前，她都睜著眼，客觀地，不帶情緒或批判地——同時自覺這個動作裡帶有的空虛和戲劇化的成份——看著房間的另一頭，放著書架、電腦、書桌、和音響的地方。

當時是冬天，然後春天來了，某些晚上，在床上感到非常無聊和一些寂寞的晚上，愛倫會讓自己擔心她是否撞上了一個人——一個看上去像禁止迴轉路標的人；戴著牛仔帽還是什麼的——然後想像自己和學校同學聊天，她想和她們變成朋友的那些同學，她們和她一樣聽龐克音樂，總是穿得很美，而且都有一頭染得閃亮的秀髮。

「我想我撞了一個人。」

「不，你沒有。」

「我撞倒了『禁止迴轉』，那是非法的。」

「但你誠實說了，這可以抵銷撞倒路標。」

「我會和法官說：『我們扯平了』。」

「法官會說：『哦好。呃，我是說本案撤銷。』」

清醒又警醒，她在毛毯下進行這些對話，有時她感覺自己多麼渴望多麼孤單多麼無可救藥——她知道每個獨處的時刻，都讓她更堅強，更能接受她自己；但她不想做她自己——她微弱地尖叫。

在愛倫的英文班上某個人說：「我希望那些王八蛋去死。」代課老師看上去有些困惑，然後微笑。有人在停車場聽見她罵她男友王八蛋，再八個禮拜高一就要結束了。

愛倫舉手。平日她從不在課堂上發言，但今天沒人注意。一群人把四張桌子併起來下棋。「我們應該使用非暴力手段，」她說。

「我希望那些王八蛋全得到公平審判，得到他們應得的報應，然後去死。」

「我想，」愛倫說。她不太確定。難道恐怖份子不是和其他人一樣只想獲得幸福？在人們吃麥當勞的時候難道他們不是在殺人——支持麥當勞在日本之類的地方開更多分店，讓小孩們長得又肥又病得心臟病和癌症然後死去——就像恐怖份子一樣？恐怖份子至少沒這麼迂迴，更誠實一些？非洲人在盧安達大屠殺的時候怎麼沒見到新聞這麼關心？為什麼麥當勞不在非洲開免費餐廳救人？為什麼老師讓每個人罵「王八蛋」？

「《1984》所要探討的主題是什麼？」老師說。他們在討論《1984》。

愛倫舉起她的手。「我想它在探討的是政府如何哄騙和控制我們。就像現在。他們讓我們認為美國人命比英國人命珍貴，英國人命又比非洲人命珍貴。」她臉紅了。

老師點了點頭。她舉起碼尺指著一位同學，對方雙眼無神地看著她。

「最後他們下棋，」某人說，「他們用老鼠折磨主角，然後下棋。」

「下棋很無聊，」老師說，「班上還有其他人覺得下棋無聊的嗎？」

她剛碩士畢業，她毫不在乎。她在停車場罵他男友「王八蛋」。

「那些下棋的人可以把時間拿去在後院種番茄，」愛倫說，「記得今天晨間新聞裡說兩個倫敦人死了嗎？如果新聞是我做的，我會報導下棋的人殺了五百個非洲人，因為他們毫不在乎也不在花園種番茄。這是真的。這是事實。」她不想和誰爭吵。她只是說出事實。

「我想如果他們把《1984》拍成電影的話，每個人都該聽重金屬留長髮，」代課老師說，「穿著紮染T恤，破牛仔褲，坐著看《早餐俱樂部》（The Breakfast Club）。」

一些同學大笑，愛倫舉起她的手。「你為什麼要這樣？」她說。

「我怎樣？」代課老師說。

「我不知道，」愛倫說。

「下課後來找我，」代課老師說，然後在黑板上畫喬治歐威爾的肖像。畫得不錯，但班上同學已經對她失去興趣了，他們開始討論《蓋酷家庭》

（Family Guy）、線上遊戲，或是戴上美式足球頭盔，點燃煙火，看它們在頭上射來射去將有多麼好玩。「如果我今天晚上不這麼幹的話，我就在廁所鏡子前把自己頭砍了，」有人說。

「你叫什麼名字？」代課老師在課後問愛倫。

「我不知道。」愛倫說。

老師大笑。不停大笑。或是感覺像是她一直在笑。愛倫走出教室。下一節課她在黑板上畫美國原住民帶著火雞軍團到白宮。火雞們看上去像一群杯子蛋糕。她加了一個箭頭指著火雞，加註：「火雞們」。下課後，一個襯衫上寫著「礦物」的女生來找她。「嘿，」她說，「我喜歡你的畫。」愛倫臉紅了。「你是不是跟代課老師說不知道自己的名字？很好。」愛倫不知道該說什麼。她總是不知道該說什麼。「我恨學校，」她說。一群人走過來，「礦物」襯衫女孩跟著他們走了。愛倫撐過了三節課。下課後她有股砸爛東西的衝動。她走回家，跨過空地和街道。在家她坐在自己床上。有時她坐著想：「愛倫……愛倫……愛倫……愛倫……愛倫……」像她現在這樣。她想到死。一陣子以後她躺下。她感到餓。她起身有一隻海豚在那。

海豚安靜地叫：「咿—咿—咿。」

「你想和我玩嗎？」海豚說。

愛倫看著自己的腳。「好，」她說。

海豚握住愛倫的手。

他們走到後院，海豚打開一扇小門。

他們爬下梯子。

半路遇見一頭往上爬的熊。

「用瞬間移動，」海豚說。

「我不會，」熊說。

「為什麼？」

「我就不會，」熊說。

「你確定嗎？」

「喔對。等等。我忘記我可以瞬間移動了，」熊說。

「一頭會嘲諷的熊，」海豚說。

「一頭熊。一頭嘲諷的熊。一頭熊，一隻海豚，」熊說，「一頭蠢熊。一頭他媽的麋鹿。」

「你下去，我們有兩個人，」海豚說。

「好吧，」熊說，「人生本來就是愚蠢的。」

海豚和愛倫和熊爬下梯子。

那裡有個走廊。

「謝謝你，」海豚對愛倫說。
海豚擁抱愛倫。
「我喜歡你，」海豚說。
海豚看著愛倫。
熊抓了抓牆。
「謝謝你來，愛倫，」海豚說。
愛倫看著她的腳。
她穿著一雙塑膠拖鞋。
藍綠色的拖鞋。
熊發出一聲極為尖銳的噪音。
愛倫和熊四目相接。
「你想來嗎？」愛倫對熊說。

熊一邊抓牆一邊看著海豚。

「算了，」熊說。「反正也不好玩。三個人根本玩不起來。」

熊蹲下打開小門，嘗試爬進去但塞不進。

熊站在那。

「我不需要去那裡，」熊說。

熊拿著一條毛毯，牠把它折整齊。

「我不知道，」熊說，「我回去繼續寫我的小說好了。」

熊爬上梯子。

海豚和愛倫走到懸崖邊。

海豚蹲下打開一扇小門。

他們爬過地道。

有個房間。

有張床，一個冰箱，一棵聖誕樹。
聖誕樹上面閃著聖誕燈。
「你餓嗎？」海豚說。
海豚給愛倫一個放在盤子上的鬆餅。
「有一點，」愛倫說。
海豚看愛倫吃鬆餅。
「謝謝你，」愛倫說。
「你要蛋糕嗎？」海豚說。
「我不知道，」愛倫說。
空調突然停了。
房間非常安靜。
聖誕燈閃著光。

冰箱非常安靜。

「你以後還想來嗎？」海豚說。

「好啊。」

海豚握住愛倫的手，去愛倫的房間。

「我很開心，」海豚說。

愛倫擁抱海豚。

海豚哭了。

海豚微聲喚道：「咿—咿—咿。」

「你很好，」愛倫說。

「你喜歡鬆餅嗎？」海豚說。

「喜歡，」愛倫說。

海豚看著愛倫。

愛倫坐在床上看著雙手。

愛倫看著她的拖鞋。

海豚看著愛倫的拖鞋。

「你想去其他地方嗎？」海豚說。

「好。」

海豚握住愛倫的手。

他們穿過小門和走廊，爬下梯子走進電梯。

電梯裡有鏡子。

愛倫看著她自己和海豚。

海豚更光滑了。

海豚為愛倫戴上眼罩。

他們走過一座吊橋，愛倫聽見倉鼠叫。

海豚為愛倫拿下眼罩。
他們爬過一條地道。
有個遊樂場。
愛倫走進遊樂場，感到非常安靜。
她感到非常平和。
海豚滑下溜滑梯。
愛倫爬上溜滑梯，然後溜下來。
海豚喚：「**咿－咿－咿。**」
愛倫走到鞦韆那裡。
海豚和愛倫盪鞦韆。
「**咿－咿－咿，**」海豚喚。
愛倫看著海豚的臉。

海豚的臉非常英俊。

愛倫看著海豚喚：「**咿—咿—咿**。」

那年海豚時常覺得頭重腳輕，只想躺下。

就算牠們的頭本來就不在上面，牠們仍然感到沉重，形而上的重。牠們在公共場合感到悲傷。牠們到廁所裡擁抱自己，安靜地喚：「咿－咿－咿」。週末牠們獨自去遊樂場。牠們坐在溜滑梯上——那個有頂的，有光透過彩色塑膠照進來的地方——感覺清醒又警醒，同時幼稚而悲傷。牠們有時不小心睡著了，會有男孩的媽用掃帚柄戳牠，海豚滑下溜滑梯。在溜滑梯下面牠們感到羞恥，於是回家躺在床上。牠們悲傷難抑到有些相信，或許那年牠們註定悲傷，這讓牠們感覺好些，以一種毀滅再掏空的方式。人生無比悲傷，能真的感受到這個事實是多麼美；能真的去感覺，一整年。當海豚有這種想法的時候，往往是週末夜，那就像在做夢，像微風中的粉色小花正在輕輕地夢著。悲傷就像一個粉色森林，隨著你的深入而散開，然後變成一片草原，海豚在上面獨自散步。有時悲傷就像一把抵在臉上的刀，讓海豚哭泣寸步難行。但有時一個年輕的海豚會感覺非常寂寞而醜惡，而如此的孤寂又是多麼美，牠對自身的悲傷是如此完美和優雅感到非常焦躁，於是離去很長時間，然後再次回來坐在房間裡，感覺無比孤獨和美麗。

有時海豚獨自去遊樂場拉單槓，盪鞦韆，在鞦韆上想：「我恨這個愚蠢的世界」。

牠們想：「我恨它」。

牠們啜泣，風吹過牠們的臉。

牠們感覺很糟，於是離開。

於是找到伊利亞伍德，要伊利亞伍德和牠們走，伊利亞伍德跟著去了——他以為在拍電影。伊利亞伍德和其他名人像薩爾曼魯西迪（Salman Rushdie）在河裡騎海豚。薩爾曼魯西迪感覺驕傲又受歡迎。於是海豚游到島上用巨大樹枝痛打伊利亞伍德和其他名人。牠們一邊哭泣一邊謀殺人類，那真是糟透了。

一隻海豚拿著戰斧殺了王家衛。

王家衛比較輕鬆，因為他戴墨鏡看不太清慘狀。

有時海豚認識其他死去的海豚——一些表親——牠們說：「牠們的死很令人悲傷，但你除了善待生者沒有其它辦法。」牠們自己也沒多善良。牠們殺了伊利亞伍德，凱特布拉夫曼（Kate Braverman）和菲利普羅斯（Philip Roth）——那樣的人。牠們承諾但卻遺忘。一隻海豚和一個唐氏症男成為朋友，對方寫信給海豚但牠沒有回覆。另一隻海豚承諾要去見一個人——承諾過，又承諾，承諾三次——卻沒有守約，傷害了那人。

於是牠們說：「從現在開始我要變得友好，」然後回家。

在家裡牠們佈置聖誕樹，然後坐在地上。

「我沒有可以友好的對象，」牠們想。

牠們來到一個認識的人家門前——嘗試對某人友好和仁愛——對方卻沒有邀請牠們進門，於是牠們回家，回憶還是個年輕海豚的當年，牠們曾以為波斯灣戰爭發生在墨西哥灣。

「你想去看一部獨立電影嗎？」珍在車裡說。她伸手過去拍拍她女兒愛倫的頭。她們在某處開著車。愛倫原本坐在沙發上喝水；她媽說了一些有關維他命D的事；現在她們要去某個地方。那是愛倫的春假。目前為止她一直坐在沙發上喝水，一邊想著如何摧毀附近的星巴客，她一邊吃著一袋小紅蘿蔔，一邊在社區裡散步，害怕人群。前一天她睡了十六個小時。再過幾天她又會坐在那裡，上美國歷史先修課程。她身兼美式足球教練的老師會開薩科和凡賽堤（Sacco and Vanzetti）的玩笑，同學會抄下筆記。**薩科和凡賽堤是娘炮**。

愛倫沒回應，於是珍再次拍拍她；持續拍著，順便也拍拍愛倫的額頭。

「你會撞車的！」愛倫說。她不相信她媽。但她知道不該害怕死亡。畢竟，那遲早會發生。「就算你撞車也沒關係。我只是說，你可能會。」

「喜歡獨立電影是因為它們很真實。它們有意義。那些事物一直變來變去的電影，變種人，」珍小心地說，「人不會那樣變。人不會飛來飛去，從眼睛射出雷射光。那不是真的。」

「你不知道自己在說什麼。這和事情到底被金錢控制到什麼地步有關，而不是真實不真實。」

「我們會領養很多免費的狗狗，」珍說，「是這樣嗎？」

愛倫困惑了一會兒。「或許。人們總是說，『植物也有生命啊，你還不是吃它們，偽善。』但是哪樣比較糟？是謀殺那些有神經和神經系統的東西，還是只是可能有的東西比較糟？不過人就是這麼蠢。」

「明天我們會領養一隻狗，」珍說，「我們可以晚上去，我們騎腳踏車去就不會浪費汽油。這樣好嗎？晚上去領養狗，聽起來很有趣吧？我們要給牠們取什麼名字？我說一隻嗎？我們領養兩隻。」

「我是認真的，」愛倫說。

「你最喜歡的動物是什麼？」珍說。

「我不知道，」愛倫想也沒想地回。

「是馬蹄蟹嗎？」

「我不知道，」愛倫說。

她們經過一家打獵用品店。店頭黏著一艘獨木舟。到底誰需要謀殺一頭鹿，然後坐在樹上順流而下？「我要殺了所有人，」愛倫說。她知道自己反對暴力。

珍對她女兒微笑。她舉起手想拍拍愛倫的頭，但停在半路，收回手臂。

「每個人都該被彈劾，」愛倫說，「他們活得亂七八糟」。如果一個失業的人被遣散會怎樣？愛倫腦中一片空白。她想和小海豚一起在一個小小、淺淺又乾淨的海洋共泳——海中有那種不含貝殼絲綢般的細沙。這就是她想要的嗎？她泳技不是太好。

「彈劾，」珍說，「那是一種委婉的說法嗎？對，人們就是這樣。讓每件事聽上去都很好，好像人生就是整天吃桃子。真好。樂觀。」

「世界上的一切都很委婉，」愛倫說，「其實人生只有一樣東西。就是……那個。其他的一切都是委婉。那唯一。我知道我在說什麼。」愛倫感到她頭頂有種針扎似的痛。別克車頂吊下來的那片布料——或什麼的——像塊頭骨一樣地掛在她頭髮上。「一切都是原子？對嗎？所以一切都是一樣的。我是說，除了我們的知覺以外就只有……什麼也沒有的那個。就只有那麼一樣東西。在你說話或使用你的感知時，就是在扭曲那個，嘗試把它變成很多不同的東西——嘗試把它和本質分離。我不是唯一這麼說的，佛祖，還有其他人也這樣說。我不是白痴。」

「你的妹妹們……你不覺得你的妹妹們有些奇怪嗎？」珍大聲說。

「人奇怪點比較好。」愛倫說。

「你哥史提夫就不怪，」珍說。

「我不在乎。畢竟……他年紀比較大。」

「我要去一下雜貨店，」珍說，「你要在車上等嗎？和我一起來嘛——會很好玩的。」

「什麼？消費有什麼好玩？」但愛倫知道人總得吃飯。只是買食物還好，不是嗎？剛好夠存活就好。不過份。「我們應該種東西給自己吃。」

「我們要不要種一些東西給明天要領養的狗吃呢？」

「不要嘗試改變我。一條狗不會改變我。」

「或許我們應該等到感恩節過後再養狗。感恩節就快到了！你期待嗎？」

「我恨所有的節日。」感恩節——那些狼吞虎嚥和種族屠殺；這有什麼好慶祝？開什麼玩笑？——這讓愛倫感到噁心、諷刺、激動和飢餓。她流口水了。但同時她想吐在白種人臉上，然後砸爛什麼——一間房子，一棟豪宅——用她的頭，這樣可以順便自殺。

「你小時候……我記得你在聖誕節的表情。笑著，亮著。記得你為我寫的那些清單嗎？寫滿你想要的小東西。還寫上號碼。像，一：玩偶；二：什麼什麼……然後會有幾個號碼是『神秘禮物』、『神秘禮物』、『神秘禮物』。你想要驚喜。」

她曾經如此膚淺又唯物。她曾經很蠢。那時她是別人。「那不是我。我是說，以前我做的事並不算數。」愛倫說。她有點驚訝。是真的嗎？「每個當下……就是當下。時間是，一回事。空間又是另一回事。你不會覺得我應該為其它空間裡發生的事負責，像每個人在戰爭裡互相屠殺或是有人打老婆。所以你不能說我應該為其它時間裡發生的事情負責。」她很興奮。很有道理。她感覺她能做些什麼了。玩樂，放肆，不用再害怕或緊張。然後，衝動已過。她仍然什麼都不能做。她不能和任何人玩樂。衝動總是會過去。

「你一向很聰明。比我聰明。和你爸一樣聰明。以前你會坐在那裡然後說：『問我四十乘二十五是多少。』然後你會說出答案。我總是說只要你努力什麼都會做得很好。」珍看著愛倫。「呃，」她說，「我說了你別生氣。但是……現在重新開始學琴也不算太遲。」

「彈琴和對政治漠不關心是同一回事，」愛倫生硬地說，好像以前說過一樣，儘管她不確定自己是否說過。

一台載著至少四頭熊的本田喜美超過她們的車。

車頂趴著一頭熊。

珍指著它。

她們在紅燈前停車，等待，然後繼續前進。

「等我老了我要住在海邊的小屋，」珍說，「我會起床，吃水果，彈琴。我想我會小睡一下然後看書。這就是我想做的。我會彈琴然後想著：『我想我會小睡一下然後閱讀』，然後我就那樣做。聽起來不是很棒嗎？」

珍突然迴轉。幾台車對她按喇叭。她把車停在沃爾瑪超市前。在她把車停好的時候臉上出現一種疲態。愛倫感覺把車從減速到停定花了不少時間。要把車減速到停定不容易。愛倫感覺緊張，減速是多麼怪異，而珍要背負小心減速停車，不要撞車的責任，又是多麼可怕。然後愛倫恢復正常。她們只是在停車。車還在動。愛倫看著她正在停車的媽。一個人，愛倫想，感到悲傷。在超市裡，珍一邊把桃子放進塑膠袋，一邊說她要飛到拉斯維加斯去賭個幾天。愛倫問她能不能去。珍叫愛倫去拿一包鮭魚。愛倫拿了一顆有機酪梨，想著賭博，然後帶酪梨回去。珍說她知道愛倫一定會拿其他東西，不拿鮭魚。愛倫說賭博很好因為會讓人留在室內，在那裡他們不會傷害任何人，還可以把多餘的錢輸掉，不好的是那會擴大貧富差距。珍說她會把房子捐給窮人，然後他們全搬到森林裡去，和狗狗們。愛倫說她希望可以這樣。珍指著某處，說：「看那個有機水果」。愛倫看了。珍快速地走上前去擁抱她女兒。

幾個禮拜過去，愛倫還是沒有交到朋友——她和「礦物」襯衫女孩說過一次話，然後就再也沒見過她——高一結束，夏天來到。愛倫的媽，珍，要去夏威夷。她和她姐妹們原本計劃要去拉斯維加斯，但還是選擇了夏威夷，像是個玩笑，就去吧——夏威夷假期；有何不可？——然後現在飛機要墜毀了。某些東西爆炸了還是怎樣。珍和姐妹們抱在一起。一個空服員叫每個人抱著自己，趴在自己腿上，每個人都照做了，珍的姐妹這樣做了，然後珍也這樣做了。

一切都在搖晃，珍開始啜泣。

她想到她的女兒們，以及史提夫，看到他們

的臉以不同角度出現，四處浮動。她抱著她處於胚胎形狀的姐妹們，感覺自己的臉頰正貼著她們的背脊，她側著頭看向窗外——某些東西在閃動，在那後面是一種很淡的藍，像是黑色褪成白色以後又添了點藍——她想如果她努力集中精神然後快速移動，她可以跳出機外，然後降落在一條等在那裡的豪華郵輪，但那似乎很難，因為她沒有降落傘。很吵而且所有東西都在晃。珍有點睏。她想或許該保持清醒，看看究竟會發生什麼事，但她不太確定——知道即將發生什麼似乎很危險；就讓它發生比較安全，置身事外，像是別人的責任——然後飛機墜海。事件發生的幾個禮拜前，當時是七月，愛倫收到一包四十張的海報；包裹上寫著：「美國政府」。愛倫不確定他們是否可以這樣做——把納稅人的錢花在這上面。「把這些貼到城中醒目的地方」，小冊子這樣寫著。她坐在房間地板上，感覺悲傷，在面前展開一張海報。海報上有條英偉的龍。海報上是總統編寫、執導、和主演的那部電影。

「你幹嘛這樣做？」愛倫的哥哥史提夫說。

「我沒有要做什麼，」愛倫說，「走開。」她瞪著地毯。

「你走開。這是我的房間。我用假標向政府標到的。」

愛倫把史提夫推出她房間。被推進走廊時史提夫說：「今天晚上我會進來把這些海報用瞬間膠黏在你每件衣服上。到時候你就別哭。」史提夫回到他房間。他想想他的人生，有一種模糊的不祥預感，他坐到電腦前。他傳即時通給安祖，他高中認識，五年前去紐約讀書的同學。安祖在圖書館工作。

「安祖。」史提夫把字打進即時通。

「史提夫。」安祖打。

「卡爾的離線訊息是『搖滾！』。」史提夫打。

「我想蛋洗卡爾家。」安祖打。

「我好餓。我要去看看冰箱。」史提夫坐在那。他不餓。或許他是有點餓。他不太確定。「我們有六個蛋。」史提夫過了幾秒後這樣打。他有點不耐煩。

「把它打成生蛋花。生花。」安祖打。帥哦，史提夫想。亂七八糟。在高中他們曾經一起在安祖房間練習昇華（Sublime）樂團的歌。可能是因為這樣。「我們就直接去襲擊卡爾好了，」安祖打，「打斷他的腿。」

「啊啊啊啊啊啊，」史提夫打，瞪著他的電腦螢幕。

「只是蛋洗不夠，」安祖打，「我們該謀殺他。」

「他在人行道上摔倒，結果跌斷腿那次怎樣？」史提夫說，「他說他要申請國賠。因為路面做得太滑。」

「我不記得了，」安祖打，「我什麼都不記得了。」

「卡爾用吉他作頭像。大爛貨。」

「我得下線了，」安祖打，「我老闆剛微笑著經過，『笑裡藏刀』。」

史提夫住在佛羅里達州奧蘭多市。他媽，珍，總在她姐妹家——或隨便什麼地方——打德州撲克。她本來就要和姐妹們去拉斯維加斯了。史提夫二十四歲了。他沒有工作。但幾乎都是他在照顧愛倫和另外兩個妹妹，分別是七歲和五歲左右。當時是夏天，大家都不用上課，除了愛倫，她出於某些原因修了暑期課程——大概想去交朋友吧，史提夫想，他有點同情她。大部份的晚上史提夫和那些一起上高中的人打電動，或是一起喝酒打撲克牌；他們就這樣過了七年，而未來——或是未來的未來的過去，史提夫突然這樣想——不過是另一個想擺脫一切的東西，而最終也得償所願，可以說史提夫本身根本沒有未來。未來就是未來，而且它對一切無動於衷；它在其它地方，而且已經完成，像條在烤箱的麵包。史提夫感覺非常平靜。他把桌面上的圖示移來移去，就這樣過了十分鐘，他在繪圖軟體上畫了五隻鯨魚，沒存檔就關上視窗，走到廁所，清洗雙手，對著自己的臉擠出十五秒的笑容，看一部已經看過的電影，吃下一些自己也沒注意是什麼的東西，去睡覺，早上起床，給孩子們煎蛋——一個平底鍋裡擠了六個；他該寫信給安祖，他想著：「我在平底鍋裡一次放了十二顆蛋，看上去像個蛋糕」——去朋友家打電動，回家，給孩子們做晚飯，看電視，進廁所，看到愛倫瞪著鏡子裡自己的臉看，跟鏡子裡的愛倫四目相接，回頭，給愛倫一點隱私，查覺愛倫快步走過身邊，走進走廊，聽到愛倫甩上門。他走進廁所，刷牙，用牙線清理牙齒。他走進客廳看到他媽，珍，正在講電話。珍站著，然後走進電腦室。史提夫坐在沙發上。愛倫經過客廳。她走進電腦室。她走出電腦室。

「我很無聊，」史提夫說，「你要去哪？」

愛倫走進廚房。

史提夫站著，然後走進廚房。

「煮七菜一湯給我，」史提夫說，「不然我殺了你。」

「走開，」愛倫說。她走進客廳。

史提夫跟在她後面，從後面推她。

「你擋著我的路了。」史提夫說。

珍從電腦室走出來，手舉著電話。

「找你的，」她說。

「誰的？」史提夫說。

「你們兩個的。」

史提夫把電話拿走。「哈囉？」他說。

愛倫轉過身去。她走到盆栽旁看著它。一座盆栽。她茫然地走向其它方向。

「史提夫，」史提夫的爸爸在電話上說。

「嗨，」史提夫說。

「你媽說你們要一起來看我，」史提夫的爸爸說，「你們五個。」

「你應該來看我們。」史提夫說。

「不，」珍說，「他不走怎麼辦？」

「他會的，」史提夫向電話還有他母親說，「你可以要他走。」

「愛倫呢？」史提夫的爸爸說。

愛倫面對靠背躺在沙發上。她的鼻子、眼睛、嘴巴和額頭全壓在沙發裡。史提夫快步走到那裡，坐在她身上。「我正坐在她身上，」他說。

「不要坐在你妹身上，」史提夫的爸爸說。

「她喜歡這樣，」史提夫說。

愛倫扭動了一下。

「她喜歡動物，」珍說。

「她什麼都喜歡，」史提夫說。

中學時，安祖那個抽大麻，總是說要帶全班去哥斯大黎加校外教學，但全班都知道不會發生的世界文化老師，在她家裡辦派對，而安祖踩破了窗戶，穿過沒有玻璃的窗戶走到後院。安祖和一個——當他多年後又回到佛羅里達，住在父母家，送披薩，心不在焉地迷戀著一個兩年前的女孩——再也沒聯絡或想起的一個朋友，拿了一罐汽水扔過後院圍欄，丟進一個蓄水池之類的地方。當時外面很暗。然後有個人——或許是安祖——想或許把汽水扔過整棟房子到前院會很有趣，於是安祖扔了，扔中一個叫派翠西亞的女孩的腿。安祖走到前院，派翠西亞在哭。女生們聚到她身邊。一群女生一起進了休旅車，然後休旅車像救護車一樣離開。

在安祖十七歲時史提夫和其他小孩一起到他家。他們打電動和撲克牌。安祖的父母不在。安祖和史提夫打鼓彈吉他直到早上然後去上學。安祖開車。史提夫在講手機。右轉時安祖把頭伸出窗外，對一個正在等紅燈的駕駛大叫「狗屎」。史提夫一邊大笑一邊對手機說剛剛安祖對某人大叫「狗屎」。

大學時期安祖過了幾年什麼也不做，也沒有正常朋友的生活。

他有過一個女友，在一起一年半左右。

他寫了一本小說。他遇見瑟拉。

他們逛雜貨店。

她和安祖一起到佛羅里達。

過了一陣子她不再和安祖說話。

安祖在紐澤西住了一年。

某個週六晚上正下著雪。

他正在回家路上。

雪讓整條街亮了起來。

當時很靜很晚很亮，安祖感覺奇怪。

在自己房裡他坐在地上。

他去一家巴黎式咖啡店。買了薯泥和冰淇淋。很貴。安祖付了二十塊鈔票，對方問：「你需要找錢嗎？」安祖遲疑了一下說：「不用了。」在自己房裡他坐在地上吃飯。他認為，原本應有的生之喜悅，但因那潛在的無意義感——就像一個獨處太久的人無法自在與人相處；無法忽視那歸屬感的背後其實，正是，孤單和無意義；並意識到若這樣匆匆地，毫無價值地經歷人生，便是經歷了一場錯誤（儘管唯一的錯誤大概是意識到人生的空虛；應該想辦法矯正的樂觀或想像力失常）——讓他再也無法感受。他感覺很奇怪。當時很晚沒有任何事可做。他住在紐澤西而且沒有網路。

他到冰箱去打開他室友的氣泡酒喝。

他不認識他的室友。

她住樓上。

他們在廚房碰見過一次，室友的母親正好在那。

安祖和室友母親握了手。

一個週末安祖在家讀安貝提（Ann Beatie）的《冬天的冷冽景色》（Chilly Scenes of Winter）。

他讀了半個禮拜五晚上和半個禮拜六下午，這讓他很高興。

他在晚上沖澡。

他在沖澡時刷牙。

他坐在地毯上。
他沒有椅子。
有東西掉在他身上。
他把手伸到背後摸到一些東西。
看到一隻蜈蚣快速跑到床底下。
他看著天花板感到害怕，然後入睡。
某個禮拜五他躺在地毯上。
他的電腦在地板上。
他聽著電腦裡的音樂。
他聽著某個夏天在佛羅里達房間裡獨自錄製的歌。
他重複地聽著它然後重複地聽著其它歌曲。
早上他站在浴室。

他往窗外看。

一隻貓看著他。

貓把眼睛移開。

安祖從一個泛泛之交那裡認識馬克。某天他們在校園裡看見對方，安祖走過去，他們談話。他們開始不時碰面，大部份時候都在抱怨人生。他們通常在晚上碰面。安祖告訴馬克作家費爾南多佩索阿（Fernando Pessoa）看得非常透徹，但並不抑鬱，因為對他來說他自己的思想比別人的有趣多了；他理解人類生命的無用和卑微，他不相信「真誠」這回事，並知道女僕打破了一個杯子，有可能是杯子利用女僕來自殺。安祖要馬克去讀《徨然錄》（The Book of Disquiet）。安祖說他已經讀完所有佩索阿的書。馬克說或許他不該看這本書。他們去參加朗讀會，其中一次安祖還上臺朗誦他寫的詩，那些詩描寫他的感覺。（「這就是我的感覺，」他在大一寫作課上這樣說，當別人問起他的詩——那些半頁的詩，在一定距離外看上去很不錯；只不過，在一定距離外，什麼看上去不是如此？——是有關什麼的。）他們一起看新的蝙蝠俠電影，一個禮拜後馬克寫電郵給安祖說在砲臺公園有個免費演唱會。安祖說他會去。安祖去了。「優拉糖果」（Yo La Tengo）預訂在那裡演出。安祖在路上開「優拉糖果」的玩笑。「我覺得他們不是墨西哥，而是新墨西哥來的，」安祖說，「我覺得他們好像在逼我剝削農業移民。」他這樣持續了三條街。「我不能聽任何和『烈火紅唇』（The Flaming Lips）或『The Shins』有關的樂團，」他說，然後指著對街一些奇裝異服的人，問馬克他們是不是「烈火紅唇」。馬克停下腳步。臉上出現猶疑的表情。「或許我該自己去，」他說。安祖感覺愚蠢。（「你都怎麼找樂子？」）他不知道發生了什麼事。他不再開玩笑，說他會陪馬克走到那裡然後離開——去書店。

「你只會不斷抱怨，」馬克說。

「我是開玩笑，不是抱怨，」安祖說。

「如果你不想來直說就好了。我就會自己來。我不是……」他喃喃說了什麼。

「呃，」安祖說，「我想來。」他去書店坐著讀了兩個小時的書。他去咖啡店。他買了一塊小蛋糕吃掉。他到詩集那區去，一隻倉鼠跑過轉角。

安祖繞過轉角。

倉鼠看著安祖。

「過來，」倉鼠說。

安祖過去了。

「去這裡，」倉鼠說。牠稍稍移動。

「哪裡？」

「你看嘛，」倉鼠說。

「我在看。」

倉鼠動了動手臂。指著某處。「那裡，」牠說。

「抱歉，」安祖說，「我不知道你說的是哪裡。」

「等等，」倉鼠說。

但牠走開了。

「抱歉，」安祖對牠說。

倉鼠回頭。

牠的手臂非常小。

「試試別的辦法，」安祖說，「你能用頭鍾指嗎？」

他們回到原來的地方。

「好吧，」倉鼠說，「去這裡。」牠小心地走進一面牆。

安祖蹲下撫摸倉鼠撞的地方。

「是個秘密通道，」倉鼠說，「推它。」

安祖推牆。

「等等，」倉鼠說。牠東張西望。「等等。我迷路了。」

「跟我說是什麼就好了。」

「等等，」倉鼠說。

「先告訴我是什麼，」安祖說。

「好吧，」倉鼠說，「但我要到公園去講。」

他們到公園去。

「在這個世界下面有一個海豚城，」倉鼠小心地說，「不只有海豚。還有熊和麋鹿。」

「熊和麋鹿，」安祖說，「牠們打架嗎？」

倉鼠坐在長凳上。面無表情。安祖看著牠的臉。「牠們打架嗎？」安祖一分鐘後說。

「麋鹿有犄角。」

「我在想，」倉鼠說。幾分鐘過去了。

「算了，」安祖說，「無所謂。牠們不打架。」

「不，」倉鼠說，「讓我想一下。我得邊走邊想。」倉鼠跳下長凳，在地上兜圈。

幾分鐘過去了。

倉鼠爬回長凳上坐下。

「那裡有倉鼠，」牠說。

牠說話時安祖看著牠。

倉鼠面無表情。

「在熊和海豚城下面還有另一個大城，」倉鼠非常慢地說。「倉鼠之地。」幾分鐘過去了。「倉鼠很悲傷，」倉鼠說。

「在倉鼠的大陸下……等等……我得更小心。海豚們也很悲傷。倉鼠下面是……」

倉鼠跳下長凳四處走動。

「我們是朋友嗎？」倉鼠說。

一隻貓頭鷹飛下來抓住倉鼠。

「救命，」倉鼠說。

安祖站著。

貓頭鷹消失無蹤。

隔天安祖寫電郵給馬克說他很抱歉毀了馬克的一天。他一邊打著信一邊感覺諷刺和無聊。稍後他坐在地鐵上想：「我感覺諷刺和無聊，」雖然他並不這麼覺得。馬克沒有回應，幾個禮拜後他飛回新加坡，他二十四年前出生的地方。安祖在紐約的另一個泛泛之交麥克費雪，寫電郵問安祖他要不要去看電影。安祖說好，但得是獨立電影。麥克遲到。他說他正在地鐵上，然後地鐵停住叫每個人下車。安祖說他恨紐約。麥克說就算別的地方大概也是這樣。安祖說他去過倫敦和台灣，而它們的地鐵都比紐約好得多。麥克說紐約的地鐵比較舊。安祖說他們趕不上電影了。電影院很小。似乎沒有空位。電影已經開始。「前面還有一些位置，」安祖說。「我不能坐在前面，」麥克說。安祖看著麥克。「我站這裡就好。」麥克說。「喔，」安祖說。他走到前面去坐下。他看著電影。這些日子，最近，他感覺他內心的領導者——其實就是他自己；他要騙誰？——不再行走，它坐下，長時間無意識地望進某個空間，突然大笑，起立，清喉嚨，裝作嚴肅和權威，東張西望，指著一個模糊的方向，並繼續前進。這究竟是什麼意思？或許是你平時忽視的那些東西，像路上吵架的情侶。安祖不明白。他自己也在路上吵過架。在第十街附近他把當時的女友逼到角落，她哭了，在一個水果攤旁。

「我們去別的地方再說好不好？」他說。

「你只是覺得難堪。」她不再哭了，看上去還有些無聊。「看看你，難堪。」

「這是很難堪，」他說，「是，我是很難堪。」他對誠實和達成共識感覺良好，像成人一樣——至少不是立即地反對，好把自己放在戰鬥位置來證明自己是對的對方是錯的——甚至想安慰她（擁抱她，或許；爭吵結束了），但他只是看著她。他不再感覺良好，只是鋪天蓋地的冷感，因為真實是這樣沒完沒了的乾涸、扁平又毫無想像空間。一個沒有對錯的世界是個不要自己，不要除了自己以外的其它，或是除了這兩者以外的其它，但卻仍想要些什麼的世界。一個沒有對錯的世界邀請你過去，控訴你，然後給你一塊餅。不要走，它說，然後給你一塊全素餅乾。它逃避眼神交會，有時卻摸摸你的膝蓋。這就是沒有對錯的世界。它沒有任何意義。它只想找到一點意義。

「我們可以不要繼續站在這裡嗎？」安祖當時的女友說，「我們可以去吃飯嗎？」

爭吵後他們感覺堅硬又輕盈，像塊水晶——並且全身是勁，像剛快意地健完身。他們會稍事休息。切一些水果放盤子上，吃兩三條巧克力棒，然後在電視節目之間，在電視仍然開著的時候——接下來的一切便不過是理所當然或順應情勢（躺在同一張雙人床上），而不是情慾，愛，或其它的什麼——進行客觀冷淡的性行為。充份休息和適當攝取咖啡因後，他們會在隔天的課堂上開些「假如」的笑話（「假如我帶個帳篷到課堂上，然後鑽進去會怎樣？」）。晚上，他們會吵架（「我知道你和別人出去都會先整理頭髮，但和我出去的時候就不會。」）。週末，他們之間某一人會建議和朋友一起出去，然後週六痛恨彼此在朋友面前變得兩樣——「所以你喜歡《麥田捕手》是因為你覺得你懂得裡面每個人，除了男主角是嗎？我是說，我真搞不懂你，你好虛偽。」——然後吵架。這樣的生活還不壞。那是一種被兩個極端搞得空洞的生活。那就像住在山洞裡：週圍的一切總像正發著磷光；不管誰說話那回聲聽上去都有點戲劇化；附近有個瀑布，傳來的聲音讓你感覺像是剛被注射鎮定劑，打上標籤，然後釋放——一種健康的，要暈不暈的暈法，說不定有些像喝了感冒糖漿。

但那是兩年前，還是大學三年級的時候。現在有時安祖在地鐵上，閱讀叔本華選集（《悲觀研究》（Seudies in Pessimism）——他不該讀的，他知道，任何人都不該讀這個），或只是坐在那裡，做他兩個工作其中之一時——在第三街上的IFC電影院，或是華盛頓廣場公園旁的紐約大學圖書館，看電子郵件——發現自己想著：「我不知道如何感覺開心，」或是「我完了，」或是，最近的，「我——，」，像個填字遊戲，他猜想這樣至少有些希望；不完全是壞消息。讓他害怕（有時又讓他平靜）的是第一個想法，有關不知道怎麼快樂；其中有些無可挽回的意味，除非出現靈藥或真愛，像每部迪士尼電影一樣。或許理論上，大方向上，是有點像童話故事，只不過是個走調的童話故事，裡頭沒有主婦式的魔法驚喜，快速發展的情節，沒有美妙地濃縮長時間的絕望、孤獨和倦怠，一切與真實生活同步。一切都不可原諒地讓人沮喪。荒腔走板。這是真的嗎？安祖忘了怎麼開心！他懷疑這和無法關愛他人有關，太多自尊，長期以來被錯認成某種魅力，封鎖那些，孤獨的人，抑鬱的人，絕望的人，無家可歸的人，你傷害過的人，你喜歡他卻不喜歡你的人，政治，存在的本質，非洲大陸，肉品工業，麥當勞，MTV，好萊塢，和大部份的人類歷史，除了十五到二十世紀的西方範疇，再加減個兩百年——但他不太肯定。跟這些東西又有什麼關係？或許一切真的太難。有次安祖想聽一場《里爾克》（Rainer Maria）樂團的演唱會，老早就從《村聲雜誌》把廣告撕下四處帶著；演唱會當天，在圖書館工作時，他坐在那裡瞪著閱讀區後面某些不動卻隱隱惹人不快的什麼——不過現在還有什麼是不會隱隱惹人不快的？——他想像自己坐在那裡瞪著螢幕試圖查尋如何用他的匯豐現金卡付費，用電子郵件確認，坐地鐵到紅鉤區或哪裡開始問路，然後被指錯路，最後落在一個高速公路底下，感覺自己像個海洛因上癮的遊民，他想著，終於，然後——用一種奇怪的，旁白式的超脫，像是在無人電影院裡，看著螢幕上演著自己的人生——「這太困難了。」一整個事件像是個圈內人才懂的笑話，一個很私人的笑話（只讓事情變得更複雜，用一種很糟的方式）。安祖等到最後一刻，然後無論事情如何簡單，想著：「這太難了。」

電影結束後安祖看到麥克坐在大廳的長凳上讀《紐約客》。

「你什麼時候出來的？」安祖說。麥克說大概電影開始十五分鐘以後。他說他感覺噁心，就像要吐了一樣。安祖說電影很好看。麥克談到在公眾場合嘔吐所可能會造成的社會觀感。安祖說他要去書店。麥克說他睏了想回家。他回家了。安祖知道麥克常和其它朋友在城裡碰面，但從來不邀請安祖。就像是麥克故意隔離安祖，這讓安祖感覺有些好笑。

安祖在網路上發現麥克很老——二十八歲。安祖二十二。他們是大學同學。麥克高中畢業後大概無所事事了五年。安祖和麥克的室友是好友，他室友說麥克從來不提他的父母或過去，只是常常坐在書桌前看報紙。下次他們再要一起看電影時麥克又遲到了。他告訴安祖他很難離開公寓，他總覺得自己忘了什麼——像是忘了關爐子。「強迫症，」安祖說。「不，不是那樣，」麥克說。「你是不是關燈要關五次，是不是這樣？」安祖說。麥克說他想成為飛行員。安祖說那很可怕。麥克說他喜歡坐著，所以開飛機不錯。他們一起看《2046》，王家衛的新片。麥克說片子太長了。安祖說實在很蠢——太蠢了。在電影院外，安祖的手機掉在地上，脫落的電池差點絆倒一個年輕女子。她把散落的零件撿起來交給安祖。

「我有她的指紋，」安祖說，「我是故意的。現在我可以誣賴她犯下了謀殺案。沒錯。」

麥克為此認真地爭執；說這是不可能的。安祖說某天他會把一支槍掉在地上，麥克會把它撿起來，然後把指紋留在上面。麥克說安祖會去坐牢。安祖說他會賄賂法官。麥克持反對意見。安祖說他會僱人把直升機開進監獄接他——去阿拉斯加。安祖說他會僱麥克，只要他取得飛行許可。麥克說他要去王子街地鐵站。安祖說再會。在那之後他們不再和彼此說話，除了有時互通電郵。有時麥克會寄一些網路書店的折價券給安祖。

有一天麥克寫信給安祖說他放棄他的小說了。

他說他生命裡有其它優先考量，而且他老了，沒有足夠的精神完成小說。

安祖回信，「嗯。」

在安祖工作的電影院，安祖的主管說要辭職。他說他要搬出紐約，去當農夫。他給安祖一封推薦信讓他接下自己的位置。安祖靠那推薦信成了主管。辭職的主管回到公司又被請了回來。他們認為這樣主管太多了，於是決議讓安祖離開。這些全發生在一週內。那個週日安祖到一個文藝活動遇見了肖恩，他推薦安祖到他工作的金融集團。安祖收到金融集團寄來的一封電郵要他的履歷、簡介和一份作品範例。安祖寄了一個空白文件而不是他的履歷到那金融集團去。他隔天才發現。他寫信到金融集團去致歉順便附上他的履歷，但那還是一個空白文件。終於他寄了履歷而不是空白文件，但用的是 RTF 檔，而且怎樣都打不開。然後他用 Word 檔把履歷寄去。隔天他和肖恩一起去一個年輕作家的新書發表會，在第十街上的一間酒吧。「我根本不知道有第十街，」安祖說。「我不可能會喜歡在第十街一間酒吧召開的新書發表會。」安祖想。他站在角落喝免費的啤酒，和肖恩的攝影師朋友列露聊天。

「你怎麼認識肖恩的？」安祖說。

列露說他們住的很近，或之類的。他們時常透過窗戶看著對面的彼此。她問安祖一樣的問題。她很高——比安祖高。

「為什麼你沒去肖恩禮拜六的朗讀會？」安祖說。

「我在華盛頓特區。」

「在那幹嘛？」

列露說是參加一個試鏡。她說她不會被選中的。她說那是在一個房間，所有女孩都在裡面，非常擠，他們快快地拍完就結束了。不知為何，安祖以為他們是偷偷地拍攝女孩們之間自然的互動，他們雞同鴨講了一陣。終於安祖理解是女孩們沿著牆壁排排站好，然後像模特兒一樣——走近鏡頭，轉身，之類的——這樣拍了幾分鐘。安祖說大老遠去結果只是這樣的話，列露應該為此生氣。列露說她當時是很生氣。安祖說列露應該有所行動，偷些什麼或摧毀什麼。「後來怎麼了？」安祖說。列露說她就回來紐約了。「喔，」安祖說。列露問安祖想找什麼工作。安祖說他在一個面試上說謊，而且對方也知道他在說謊。安祖隨即想承認剛剛他說了謊——其實他在面試上沒說謊——但旁邊有張小桌子沒人坐，於是安祖和列露走過去坐了。肖恩回來微笑著問安祖開心嗎。肖恩介紹人給安祖認識。「他在一個樂團裡，」肖恩說。安祖和那人握手。那人後面站著三個人。安祖問那些人是誰。「那就是他的團嗎？」安祖說。肖恩說那是他法國來的表兄弟，或之類的。安祖點頭。肖恩離開。安祖對列露微笑。列露對安祖微笑。某個人從桌下遞來一本書——《女孩們》。列露接過看著那本書。安祖看著列露看著那本《女孩們》。某個人過來向安祖和列露自我介紹。他說他也叫肖恩——這新書發表會就是為了一個叫肖恩的人舉辦的；帶安祖來這裡的人也叫肖恩——他寫了一本叫《女孩們》的小說。他說他正在寫一本叫《電玩藝術》的書。他指著他的編輯，安祖看著他的編輯。安祖對《電玩藝術》這個書名說些了什麼；他一邊說一邊不知道自己都說了什麼。肖恩開始談他那本叫《電玩藝術》的書，他毫無停頓地連續說了五分鐘。一分鐘之後安祖便不再看肖恩的臉，肖恩開始專門對列露說話。列露笑著說了一些趣聞。安祖感到嫉妒，因為列露沒對他說這些趣聞。肖恩，《女孩們》和《電玩藝術》的作者，離開了。一隻海豚進來對安祖和列露自我介紹，然後把一些綠色酒精飲料灑在了自己身上。海豚臉紅了。牠拿出一個煙霧彈和一些火柴，煙霧彈還沒點燃就掉了。海豚開始非常大聲地叫：「**咿——咿——咿**」。某人在海豚臉上打了一拳，海豚倒下。同一個人把海豚拖上桌，桌子就面對著街道，然後看著其它方向把海豚推出窗外。另一個肖恩過來坐在安祖那桌，然後有更多人過來把許多桌子併在一起變成一個超級大桌，包括那個叫肖恩的年輕作家，每個人都圍著桌子坐下看著對方。某些人和其它人說話。安祖看著四方，大部份是看著天花板，叫肖恩的年輕作家大聲叫安祖名字，問他覺得世界末日會是怎樣。安祖不知道為什麼一個描寫有關吸毒富家子弟的作家怎麼會知道他的名字。安祖說到聯合廣場下面的地鐵。安祖提到電影《魔鬼總動員》（Total Recall）。突然一陣沉默。安祖看著那些看著他的面孔。某些人不同意安祖的說法。有個人同意。安祖不知道是誰；或許是他左邊的女孩。安祖開始解釋，提到在聯合廣場的人看上去多麼像《魔鬼總動員》中的變種人；還提到聯合廣場地鐵站那些無所不在的爛泥；以及尖銳的噪音。接著他大聲地打斷自己，說或許年輕作家該寫一本有關世界末日的小說。年輕作家似乎有些惱怒，或厭煩；或者，更應該說，安祖認為自己激怒了年輕作家。或許年輕作家已經寫了一本有關世界末日的書。安祖感覺尷尬，於是慢慢地轉頭繼續看他的天花板。列露還在看那本叫《女孩們》的書。肖恩站起來出去抽煙。五分鐘後列露站起來說她要走了。安祖站起來說他也要走了。這裡他誰也不認識。他想著是否要偷走《女孩們》這本書。他和列露走了出去。肖恩正在抽煙。肖恩用一種對「建立關係」這個說法明顯感到鄙夷、有趣、和驚奇的方式討論「建立關係」。安祖說舉辦新書發表會的年輕作家看上去像個搖滾明星。列露說她不這樣認為。安祖說那像電影明星。列露說她可以理解。肖恩提到他介紹給安祖的樂團男——有次肖恩去他公寓，在他椅子上看見一個奇怪的，金屬的東西。竟然是三台疊在一起的筆記型電腦。在地鐵站他們遇見正走出來的總統。肖恩、列露和安祖正在建立關係的氛圍裡，正好可以和總統建立關係。

他們邀請總統去吃壽司。在壽司吧前總統說做總統很蠢。

「權力很蠢，」總統說。

總統說他是個外星人。他來自其它星球。他到這裡覺得很無聊。「我覺得我需要一個目標，」他說，「現在我成了總統。我沒有人類那些先入為主的想法，因為我是從其它銀河來的。聽我說，因為我是你們選出來的統治者。人們需要理解我說的話。我是——我是他媽的總統。愛國主義是一種相信人命有分貴賤的信念。事實上因為人的集體意識，這世界是有合一性的，而這個合一性——它想要的多半是，避開痛苦和折磨，找尋歡愉和快樂。愛國主義和其它像語言的東西否定了合一性；創造二分，三分，之類。為什麼我們會出生?為什麼我們會死亡?我們死後會去何方?我們的意識來自何方?政治不討論這些問題。政治說:『我們是否封鎖了足夠的資訊,來讓「發展」兩個字具有意義?我們該怎樣讓人們不去思考存在的神秘和合一性?』政治是個偽裝的遊戲,封鎖「政治是偽裝遊戲」這個資訊非常重要。我是總統,我這樣認為。沒有什麼好壞。你來了。就在這裡。沒人告訴你要怎麼做。你只有假設。或相信別人的假設。普遍假設痛苦是不好的。但你怎麼知道你的一個動作,從現在起會增加或減少宇宙洪荒的痛苦和折磨淨值,直到永遠?你無法知道。不可能。你不知道如果你為一個朋友畫幅像,會不會對十億年後阿爾法星系上的一千萬生物,造成五萬年之久的痛苦。你只有創造脈絡。脈絡來自一個人的生命和之後的幾代,不包括動物、植物、或無生命物體,只存在地球上,尤其是自己的國家。你做出假設,同時封鎖其它百分之九十九點九以上的宇宙,地球其它百分之九十九點九的生物，以及無止盡或未知的時間。你的生命如此扭曲。你什麼也不知道。你他媽的憑什麼對其他人生氣。我會殺了你。你愚蠢又無聊。殺人不是壞事。唯一該感到生氣的是存在本身。我們全都逼著別人接受我們的假設和脈絡。每個想法都影響我們的做法，而每個做法存在——於是影響——這個世界。這就是政治。但誰在乎呢？你怎麼能對自己隨意選擇或接受的他人假設和脈絡感到生氣呢？如果你非諷刺地對除了所有事的每件事感到生氣，那代表你的脈絡沒有認知到所有假設和脈絡都是事先就存在的；於是，我想生氣是可以的。但任何非諷刺的想法和做法不過是可怕的扭曲罷了。任何事都是可怕的扭曲。我們需要停止繁殖。有太多假設和脈絡，我們四處遊戲，假裝，把我們和別人的假設和脈絡重疊在一起，直到一點時間都不剩。死亡便是拿走假設和脈絡。意識便是被強迫去做假設然後阻擋其它資訊才能成立。我不知道該怎麼想。每件事都被死亡的認知佔有了。我們如何停止死亡？我們該如何把意識的合一性實體化？造機器人吧。我們把宇宙塞滿微處理器，然後隨著宇宙擴張來擴張我們的微處理器。我們讓宇宙變成同一個無意識的團塊，一個電腦程式，一個無假設的，包含著一切的脈絡。一個寂寞的，無意義的機器人，和一個不會感覺寂寞和無意義的程式，也不會思考或知道任何事。謝謝你聽我說話。無所謂。從我嘴巴發出的這些聲音不過是宇宙物理定律的運作，八成是，我無從選擇的出生所造成的因果關係，而我的出生本身就是宇宙起源的結果。我並不曾選擇宇宙開始。我猜，實際地說，呃，就是財富均分，任意共享所有物質財產，貶低鄙棄人類的力量和權威。對任何與數字有關的進步保持戒心。我不知道。謝謝。晚安。」

「你剛剛說『謝謝』和『晚安』，」肖恩說，「呃。」

「謝謝，」總統說。

「你不需要保鏢嗎?」安祖說。

「保鏢很蠢,」總統說,「但好吧,他們正在路上。他們錯過了地鐵。」

總統的手機響起。

是椰子的聲音。

肖恩看著安祖。

安祖微笑。

「椰子,」安祖說。

「或是保齡球,」列露說。

「現在聽上去像保齡球,」安祖說。

「椰子比較好,」肖恩說。

「現在又是椰子了,」安祖說。

「我們在一間壽司店,」總統對手機說。

安祖到廁所去。
安祖在廁所裡感覺無聊。他看著鏡子裡的自己。
安祖離開廁所。
那裡有隻麋鹿，一頭熊，一隻海豚，還有一個外星人站在總統身邊。
安祖試著不看外星人。
他看著海豚。
「我是安祖，」他說。
安祖伸出手去握手。
總統把安祖的手掃開。
安祖瞥著總統一會兒然後笑了。
「他們沒有名字，」總統說，「你不用自我介紹。」
女服務生問安祖要不要加點冰水。

「好，」安祖說。

「你不用對保鏢這樣，」總統說，「我很煩躁，一切多麼愚蠢。」

「如果你覺得很蠢為什麼要成為總統，」肖恩說。

「我不知道，」總統說，「人生毫無意義。每個人都知道。看看費爾南多佩索阿。他最知道人生的毫無意義。但他總是擔心這擔心那。如果人生真的毫無意義你就不會擔心這麼多。」

「你讀過費爾南多佩索阿？」列露說。

「你讀過？」安祖對列露說。

「有啊，你呢？」

「有啊，」安祖說。

「你呢？」安祖對海豚說。

「有啊，」海豚說。

「你讀過嗎？」安祖對肖恩說。

「沒有，」肖恩說，「他是誰？」

「一個葡萄牙作家，」麋鹿說。

熊打了麋鹿一巴掌。

「誰沒有讀過這個人的作品？」肖恩大聲說。

每個人都讀過費爾南多佩索阿。

「你該走了，」總統對肖恩說。

「我已經點菜了，」肖恩說。

「把你那份菜錢留下，」總統說。

肖恩拿出皮夾。

他只有一張百元大鈔。

「把它留下，」總統說，「等等，這是假鈔嗎？」

「是真的，」肖恩說。

總統拿起來看了看，放進自己口袋裡。

「你可以走了，」總統說，「你可以回家了。」

肖恩走了。

「這很惡劣，」列露說，「我打賭我們根本不會討論費爾南多佩索阿。」

「他大概相信月球就是澳洲，而且當人們講到月球騙局的時候就是在講澳洲，而且他相信月球騙局。」總統說，「這代表他不相信澳洲。」

外星人坐在肖恩的位置上，在安祖旁邊。

安祖感覺害怕。

他去廁所。

他回來時外星人還在那。

安祖想坐在其它地方，但看到外星人正在看他。

外星人正在說話，它看看安祖然後在繼續說話的同時冷靜地移開它的眼睛。

安祖坐回他在外星人旁的座位。

「費爾南多佩索阿說他尊重佛教徒和修士和任何這類人，」外星人說，「因為他們嘗試逃避人生，拒絕接受強加於我們的——這個人生，這個愚蠢的人生。」外星人有英國口音。「我從威爾斯來，」他對安祖說。

安祖試著點頭但他的脖頸僵硬，微微發抖。

「佩索阿說藝術美麗又有趣，因為藝術無用也無意義，」外星人說，「人生毫無樂趣因為總是有目標，你每天都需要目標。他讚賞佛教徒和修士，但那不是藝術。佛教徒和修士都有目標。」

「如果你是和尚你才不會意識到人生的毫無意義那些東西，」熊說，

「這實在太蠢了。所有事都太蠢了。」熊拿出毛毯蓋在麋鹿頭上。

「如果藝術美麗又有趣，那就不能說它沒用，」總統說，「你錯了。」

「你覺得呢？」安祖對海豚說。

安祖喜歡海豚。

「我想坐下，」海豚說。

列露站起來。「你坐吧，」列露說。

「我想坐在一張巨大又柔軟的沙發上，」海豚說。

「喔，」列露說，然後坐下。

「佩索阿談到人生毫無出路，」熊說，「他是對的。和尚也沒有出路。沒人有出路。如果有出路的話那就是到一個你還是有可能逃避的地方，所以唯一的出路就是逃這個動作本身。也因此逃避的唯一方式就是不真的逃走。談論這個好蠢。逃避和逃出去了是不同的。真蠢。」

麋鹿撞到一張桌子，把桌子打翻了。

「我認識一個人，」總統說，「他寫電郵給我說他想要發明一種自殺手槍。一種讓你不需用手就能幹掉你自己的手槍。很好的點子。」

「我還有兩個願望，」熊說。

「別把它浪費在自殺手槍上，」總統說。

「不，」熊說，「我不在乎。」

「謝謝你，」總統說。

熊許願要一支自殺手槍。

一把手槍出現在桌上。

「這是一把普通手槍，」安祖說，「這樣不公平。」

「我們應該說的更清楚一點，」熊說。

「我們應該先考慮到的，」總統說。

「是我們的錯，」熊說。

「你可以幫我要一台協和飛機嗎？」列露說。

「我希望列露能有台協和飛機。」熊說。

「謝謝你，」列露說，「在哪？」

「大概在外面。」

列露到外面去了。

她走進來。「真的在那，」她說，「我要去復活節島。」

她走了。

她走回來坐下。

「開玩笑的，」她說，「我不會開飛機。」

「賣掉它，」熊說。

「太麻煩了，」列露說。

「你浪費了我的願望，」熊說。
「對不起，」列露說。
「不，我無所謂，」熊說，「我只是在陳述一個事實。」
「你的第一個願望是什麼？」安祖說。
「瞬間移動，」熊說，「每個人都有瞬間移動。真蠢。」
「我也會要瞬間移動，」安祖說。
「如果你沒要瞬間移動，你就會被嘲笑，」熊說。
「對，」安祖說。
「你如果沒要瞬間移動就太蠢了，」總統說。
「你如果要一支自殺手槍結果卻拿到普通手槍就太蠢了，」外星人說。
熊拍拍外星人的頭。
安祖感到害怕。

他們點的東西到了，他們吃。

他們都吃素。

「我不該做總統的，」總統在他們酒足飯飽後說，「謝謝。晚安。澳洲。」

他們都醉了。

熊騎著麋鹿。

海豚躺在角落的地上。

牠坐著，然後倒下，現在在角落面對著角落。

外星人站在陰暗的門道。

安祖吃著綠茶豆奶冰淇淋，感到抑鬱。

他看著海豚。

有人把海豚滾到角落。

列露坐著，面無表情。

總統和薩爾曼魯西迪玩撲克牌。

薩爾曼魯西迪來了。

「兩個人打撲克牌又蠢又無聊，」總統說。

「棒球，」薩爾曼魯西迪說，「我迷戀棒球。」

「有一種撲克牌就叫棒球，」總統說。

「我想要一個伊斯蘭裁決的追殺令，」列露說。

列露坐在桌上看著薩爾曼魯西迪。

「我怎樣才可以被發佈追殺令，」列露說，「我想要一個追殺令。」

「你又蠢又無聊，」總統對列露說。

「你只是想激怒我，」列露說。

「你又蠢又無聊，」總統對薩爾曼魯西迪說。

「我是薩爾曼魯西迪，」薩爾曼魯西迪說。

安祖希望沒人會和他說話。

他起身然後去廁所。

外星人就在廁所外的走廊。

安祖感到害怕，回到座位上坐著。

熊從麋鹿上掉下來。

熊在落地前消失，然後重新出現在薩爾曼魯西迪的大腿上。

熊拿了條毯子蓋在薩爾曼魯西迪的頭上。

一個在圖書館工作的晚上，安祖休息了兩個小時而不是一個小時。沒人發現。安祖又如法炮製了幾次。下週人們聯合起來對付他，他被炒了，過了一陣子也沒錢了。回佛羅里達的飛機上他想著自己沒有朋友。他思考時暈暈地帶著一種隱隱使人困惑，使人疲倦的規模感——彷彿一種二手的神啟，從源起處被移開，玷汙，移到他處，現在只能不清不楚也毫無脈絡地被體驗，也因此少了洞見，和情緒起伏沒什麼兩樣——感受到地球是塊石頭；太陽是塊著火的石頭；一個人的生命就像個小型災難，小到無法被檢視或解決，但又沒小到能獨自消失，於是留下的只是那一抹忽隱忽現的微光，還有門面及漂亮的面孔；全部都是事實，當然，全部大概都是事實。

他閉上眼聽引擎的雜音。他想像飛機墜落。人們臉上有一種正當反應，一種戲劇化的表情，眼皮和嘴角有種發狂卻不失真誠的排列，在墜落的飛機裡——安祖不知道，如果他知道他在這麼做的同時，便會感覺自己在演戲。他在佛羅里達和父母同住。他在達美樂找了份工作。之前某個夏天他曾在那裡打工。八月他父母搬到德國，他們的出生地。一個晚上安祖在他童年的房間裡哭泣，他想到死亡。然後他打鼓，感覺好些。他鼓打得不錯。他應該組團的。他爸媽在美國沒有朋友。他們留給安祖一棟大房子和兩條老狗。安祖開始和高中同學史提夫打混，史提夫有三個妹妹，其中一個叫愛倫。史提夫很好笑。史提夫的媽最近在飛機失事裡身亡。史提夫失業。安祖跟史提夫和他們的高中同學打撲克。有時候他們開車去卡納維爾角，在賭博遊船上玩二十一點和撲克。有時史提夫彈吉他，安祖打鼓。那是個十一月的陰天，安祖到史提夫家。史提夫正在切番茄和大蒜要做義大利麵。「得心應手，」史提夫說。安祖走進客廳從玻璃拉門往外看。愛倫在後院。她踱著步然後跌倒，爬起身看到安祖在看她。她看著他。他感覺奇怪，走到廚房，史提夫正在火爐前。「史提夫，」他說。史提夫回頭，看上去有點瘋狂。安祖大笑。「你的臉看上去正夢到我，」他說。史提夫笑著，他一直笑著直到安祖感覺很差，走進愛倫房間躺在床上。

他從來沒進過愛倫房間。

如果她進來，他會告訴她他很害怕。

他感覺有些孤單。他感覺很好。

那是十一月。

他拉過毛毯蓋在臉上，聽著史提夫，在廚房裡，洗碗，然後微波什麼，然後有一陣子什麼聲音都沒有；然後是電視，發出歡樂的噪音。

只有虛無能抵擋虛無／沈意卿

我在陌生城市的傳奇書店裡遇見這本書，那桃紅柳綠的熊就對著我招手。我走過去，我拿起書，我把它帶回旅館，讀著讀著感到無比驚異——這難道不是我寫的嗎——於是我在網路上搜尋作者，寫信給他。

許多人都是這樣偶然發現林韶的——在朋友家的馬桶水箱上，在陌生人家裡舉辦的派對裡，在某些名不見經傳的媒體上，一個剛見面的朋友突然熱烈的推薦——或是像我一樣，在某處看見那熊看著你，不自覺地拿起書翻開，然後就沒有放下過。

如果還有甚麼可以抵擋人生中日復一日的無聊，也就是這些令你措手不及的意外。

你無法放下因為它和其它書都不一樣，你不知道下一章，下一頁甚至下一句會發生甚麼。它是一個人思考的碎片，而這個人是個被兩份工作遺棄的大學生。他在達美樂打工，他在思考，他在體驗和回憶，而你**正在**那裡面。

於是你對時間的觀感開始改變。過去你大塊大塊的想時間——讀書想著畢業，上班想著放假，工作想著升遷，戀愛想著結婚，生子後期待他長大；新年希望，三年計劃，五年目標——我們為未來而活，活得像念一本寫好的書，作者／我們從距離外描寫主角／自己的生活——她找到一份工作，她去某處旅遊，她愛人，然後誰也不愛；他遇見某人，他失去某人，他結婚生子，偶然劈腿惹人哭泣被原諒但生活從此失了味道。或者生活本來就一直沒有甚麼味道？我們這樣做因為所有人都是這樣。家庭要求家庭倫理，工作要求工作倫理，一條鋪好的道路，一切都是必經。

書有開始也有結束，匆匆唸完這樣的生活以後，我們要去哪裡？

讀著書讀著裡頭的句子，你突然發覺不是這樣的。生活不在不遠處的假期裡，不在想法組成的**說法**裡，也不在計劃和準備裡。一切**正在**發生。一切**同時**存在。我們完整的生活由碎片組成，而這些無聊的碎片原來如此有趣。我在主角的世界裡躲藏，透過他毫無意義的虛無生活，重新感覺**每一刻**的存在。一旦你毫無預設，原來所有下一句都值得期待。

一本最毫無意義的書翻天覆地的改變了我的生活。意義是毫無意義的。這一刻我裸著兩條腿在床上打下這些字：意義是毫無意義的。

國家圖書館出版品預行編目資料

咿咿咿 / 林韜(Tao Lin) 著；沈意卿譯 .
-- 初版 . -- 臺北市：一人, 2010. 12
面； 公分
譯自：Eeeee Eee Eeee
ISBN 978-986-85413-2-0(平裝)

874.57 99023867

咿咿咿
Eeeee Eee Eeee

作　　者　林　韜 Tao Lin
選書翻譯　沈意卿
編　　輯　沈意卿、劉　霽
封面圖樣　Kelly Blair
設　　計　王金喵

出　　版　一人出版社
地址：臺北市南京東路一段二十五號十樓之四
電話：(02)2537-2497
傳真：(02)2537-4409
網址：Alonepublishing.blogspot.com
信箱：Alonepublishing@gmail.com
總 經 銷　聯合發行股份有限公司
電話：(02)2917-8022
傳真：(02)2915-6275

二〇一〇年十二月　初版
定價新台幣二五０元

EEEEE EEE EEEE: A NOVEL by TAO LIN